Als eine Hommage auf ›Moby Dick‹ könnte man diesen 1989 in Barcelona erstveröffentlichten Roman von Luis Sepúlveda bezeichnen. Der Kampf des Menschen gegen den Wal, bei Melville in der Jagd auf Moby Dick, den weißen Wal, ein geradezu mythisches Geschehen zwischen zwei einander ebenbürtigen Gegnern, ist durch die Perfektionierung moderner Fangmethoden zu einer feigen Schlächterei verkommen.
In einer Mischung aus Abenteuerroman und Öko-Krimi läßt Sepúlvedas Roman sich auf das Thema der mutwilligen Zerstörung der Natur durch den Menschen ein, exemplarisch vorgeführt am Beispiel der Meere. Für den von vielen Ländern betriebenen und von fast allen zumindest stillschweigend geduldeten Raubbau der Meere steht in Sepúlvedas Geschichte die Walfängerei in der Antarktis.
Die Erlebnisse, die der Ich-Erzähler, ein chilenischer Journalist, der seit vielen Jahren in Deutschland im Exil lebt, als junger Mann auf einem Walfangschiff gehabt hat und die ihm seinen Traum von ›Moby Dick‹ restlos zerstört haben, setzen bei ihm einen Bewußtwerdungsprozeß in Gang, der ihn im Laufe der Jahre zu einem immer entschiedeneren Engagement gegen die Zerstörung der Natur führt – ein Prozeß, der die Frage nach der eigenen Identität unmittelbar berührt.

Luis Sepúlveda, geboren 1949 in Nordchile, ging nach politischem Engagement in der Studenten- und Gewerkschaftsbewegung ins Exil nach Ecuador, gründete Theatergruppen in Peru, Ecuador und Kolumbien, arbeitete als Journalist. Er lebt seit 1980 in der Bundesrepublik Deutschland. Sepúlveda schreibt Erzählungen, Theaterstücke, Hörspiele, Essays. Er wurde mit mehreren literarischen Preisen ausgezeichnet. ›Die Welt am Ende der Welt‹ erhielt als kurzer Abenteuerroman 1990 in Alicante den Internationalen Chabás Preis.
Im Fischer Taschenbuch Verlag erschien außerdem der Roman ›Der Alte, der Liebesromane las‹ (Bd. 10932).

Luis Sepúlveda

Die Welt am Ende der Welt

Roman

Aus dem Spanischen
von Fritz Rudolf Fries

Fischer Taschenbuch Verlag

Ausgezeichnet mit dem
Internationalen Juan Chabás Preis
für Kurzroman 1990

13.–14. Tausend: Januar 1997

Deutsche Erstausgabe
Veröffentlicht im Fischer Taschenbuch Verlag GmbH,
Frankfurt am Main, Oktober 1992

Die spanische Originalausgabe erschien 1989 unter dem Titel
›Mundo del Fin del Mundo‹ in Barcelona

Gesamtherstellung: Clausen & Bosse, Leck
Printed in Germany
ISBN 3-596-11113-7

Dieses Buch ist auf chlor- und säurefreiem Papier gedruckt.

Für meine chilenischen und argentinischen Freunde, die den Erhalt Patagoniens und Feuerlands verteidigen. Für ihre großzügige Gastfreundschaft.

Für die Besatzung der neuen *Rainbow warrior*, dem Flaggschiff von Greenpeace.

Für *Radio Ventisquero* aus Coyaique, der Stimme der Welt vom Ende der Welt.

ERSTER TEIL

EINS

»Nennt mich Ismael... nennt mich Ismael...« Ich wiederholte den Satz mehrere Male, während ich auf dem Hamburger Flughafen wartete und eine seltsame Anziehungskraft spürte, die dem dünnen Ticketheftchen immer mehr Gewicht verlieh, ein Gewicht, das drückend wurde, je näher die Abflugzeit herankam.

Ich hatte die erste Kontrolle hinter mir und ging mit meiner Tasche in der Hand in der Abflughalle auf und ab. Ich hatte nicht allzu viel Kram mitgenommen: einen Fotoapparat, ein Notizheft und ein Buch von Bruce Chatwin, *In Patagonien*. Schon immer konnte ich Leute nicht leiden, die etwas anstreichen oder Bemerkungen in Bücher schreiben, aber dieses Buch war voller Unterstreichungen und Ausrufezeichen, die sich nach dreimaliger Lektüre vermehrt hatten. Und ich gedachte, es auf dem Flug nach Santiago de Chile ein viertes Mal zu lesen.

Immer wollte ich nach Chile zurückkehren. Ich hatte große Lust dazu, aber in der Stunde der Entscheidung wog die Angst schwerer, und der Wunsch, meinen Bruder und die Freunde, die ich dort habe, wiederzusehen, verwandelte sich in ein Versprechen, an das ich, nach so vielen Anläufen, immer weniger glaubte.

Zu viele Jahre hatte es mich ohne festen Kurs umhergetrieben, und die Lust, zuweilen anzuhalten, riet mir zu einem kleinen Fischerdorf auf Kreta, Ierapetra, oder zu einer friedlichen Stadt in Asturien, wie Villaviciosa. Eines Tages jedoch fiel mir das Buch von Chatwin in die Hände und gab mich einer Welt zurück, die ich glaubte vergessen zu haben, und die auf mich wartete: Die Welt am Ende der Welt.

Als ich Chatwins Buch zum erstenmal las, packte mich der verzweifelte Wunsch zur Rückkehr, aber Patagonien ist zu weit entfernt von den einfachen Wünschen, und Entfernungen schmerzen nur, wenn sie mit Erinnerungen einhergehen.

Hamburger Flughafen. Die anderen Reisenden betraten und verließen den zollfreien Laden, besetzten die Bar, manche waren nervös und schauten auf ihre Uhren, als zweifelten sie an der dutzendfach wiederholten Genauigkeit der elektronischen Anzeigen. Der Augenblick rückte näher, da sich die Türen zum Abflug öffnen würden, und nach der Kontrolle der Bordkarten würde man uns mit einem Bus zum Flugzeug fahren. Meine Gedanken beschäftigten sich damit, daß ich nach vierundzwanzig Jahren Abwesenheit in die Welt am Ende der Welt zurückkehren würde.

ZWEI

Ich war sehr jung damals, fast noch ein Kind, und träumte von den Abenteuern, die mir die Bausteine für ein Leben weitab von Langeweile und Überdruß liefern würden.

In meinen Träumen war ich nicht allein. Ich hatte einen ONKEL, ihm gebühren nur große Buchstaben. Mein Onkel Pepe hatte weitaus mehr vom unbändigen Charakter meiner baskischen Großmutter geerbt als vom Pessimismus meines andalusischen Großvaters. Mein Onkel Pepe, ein Freiwilliger in den Internationalen Brigaden während des spanischen Bürgerkrieges. Eine Fotografie zusammen mit Ernest Hemingway war der einzige Besitz, auf den er stolz war, und mir hämmerte er immer wieder ein, man müsse im Leben seinen Weg finden und ihn dann auch gehen wollen.

Überflüssig zu sagen, daß Onkel Pepe das schwärzeste Schaf der Familie war und unsere Begegnungen, je älter ich wurde, sich in immer größerer Heimlichkeit abspielten.

Von ihm bekam ich die ersten Bücher, die mich vertraut machten mit Schriftstellern, die ich nie vergessen werde: Jules Verne, Emilio Salgari, Jack London. Von ihm bekam ich auch eine Geschichte, die sich in mein Leben einbrannte: *Moby Dick* von Herman Melville.

Ich war vierzehn, als ich dieses Buch las, und sechzehn, als ich dem Ruf des Südens nicht länger widerstehen konnte.

In Chile dauern die Sommerferien von Mitte Dezember bis Mitte März. Aus anderen Büchern wußte ich, daß verschiedene kleine Walfängerflotten am Ende des Kontinents vor der Antarktis vor Anker lagen, und ich brannte darauf, diese Männer kennenzulernen, die ich mir als Nachfahren des Kapitän Ahab vorstellte.

Meine Eltern von der Notwendigkeit einer solchen Reise zu überzeugen, gelang nur dank der Hilfe meines Onkels Pepe, der mir zudem noch die Fahrt bis Puerto Montt bezahlte.

Die ersten, eine Kleinigkeit mehr als tausend, Kilometer auf meinem Weg zur Welt am Ende der Welt bewältigte ich bis Puerto Montt mit dem Zug. Hier, im Angesicht des Meeres, enden mit einmal die Schienenstränge. Dahinter teilt sich das Land bis in Nähe des Südpols in Abertausende von Inseln und Inselchen, von Kanälen und Meerengen, während auf dem Teil, der zum Kontinent gehört, die Gebirgsketten, die Gletscher, die undurchdringlichen Wälder, das ewige Eis, die Lagunen, die Fjorde und die unberechenbaren Flüsse den Bau von Straßen oder Eisenbahnlinien verhindern.

In Puerto Montt war man, dank der Empfehlungen meines wohltätigen Onkels, bereit, mich in die Besatzung eines Schiffes aufzunehmen, das diese Stadt mit Punta Arenas, der südlichsten der Welt, verband, indem es Waren und Passagiere hin- und herbeförderte.

Der Kapitän der *Estrella del Sur* hieß Miroslav Brandovic. Er war ein Nachkomme jugoslawischer Emigranten, der meinen Onkel während seiner Wanderschaften durch Spanien und später im französischen Maquis kennengelernt hatte. Er nahm mich als »Smutje« an Bord, und kaum hatten wir die Anker gelichtet, erhielt ich ein scharfes Messer und den Befehl, einen Sack Kartoffeln zu schälen.

Die Reise dauerte eine Woche. Es waren einige tausend Meilen bis zu unserer Ankunft in Punta Arenas. Das Schiff machte Station an verschiedenen kleinen Anlegestellen oder Häfen mit geringem Tiefgang der Großen Insel von Chiloé, nahm Fracht an Bord, Säcke mit Kartoffeln und Zwiebeln, Knoblauchzöpfe, Ballen grober Ponchos aus ungekämmter Wolle, um dann die Fahrt durch die stets unruhigen Wasser des Golfes von Chile fortzusetzen, dann die Nordeinfahrt des Kanals von Moraleda zu passieren und hinter dem Großen Fjord von Aysén Fahrt zu machen – die einzig mögliche Route zur friedlichen Stille von Puerto Chacabuco.

An diesem von den Kordilleren geschützten Ort lag das Schiff einige Stunden, so viele wie nötig waren, den Hafen zu nutzen, solange die Flut es zuließ; sobald die Fracht an Bord war, und fast immer war es Fleisch, begann die Rückreise ins offene Meer.

Kurs Westnordwest bis zum Ausgang des Großen Fjords und zum Anfang des Kanals von Moraleda. Alsdann ließ es in Nordrichtung die eisigen Wasser San Rafaels hinter sich, den schwimmenden Eisberg, die unglücklichen Schiffe, die mehr als einmal samt ihrer Mannschaft in seine eisigen Fangarme geraten waren.

Einige Meilen weiter nördlich ging die *Estrella del Sur* auf Westkurs, kreuzte das Archipel Las Guaitecas und gewann das offene Meer, um, den Bug in Richtung Süden, in gerader Linie weiterzufahren.

Ich glaube, ich habe Tonnen von Kartoffeln geschält. Um fünf Uhr morgens stand ich auf, dem Bäcker zu helfen, ich deckte die Tische für die Besatzung, ich schälte Kartoffeln. Ich wusch Teller, Töpfe und Bestecke ab. Noch mehr Kartoffeln. Ich hackte Zwiebeln für Empanadas. Zurück zu den Kartoffeln. Und die Pausen, welche die Matrosen nutzten, um seelenruhig zu schnarchen, verbrachte ich damit, so viel ich konnte, über das Leben an Bord zu lernen.

Am sechsten Tag der Schiffsreise hatte ich die Hände voller Schwielen und war stolz auf mich. An diesem Tag wurde ich, nachdem ich das Frühstück aufgetragen hatte, von Kapitän Brandovic auf die Brücke gerufen.

»Wie alt behauptest du zu sein, Schiffsjunge?«

»Sechzehn. Das heißt, bald bin ich siebzehn, Kapitän.«

»In Ordnung, Schiffsjunge. Kannst du mir sagen, was das ist, was da backbords leuchtet?«

»Ein Leuchtturm, Kapitän.«

»Es ist nicht irgendein Leuchtturm. Es ist der Leuchtturm Pacheco. Wir fahren gerade an den Evangelisteninseln vorbei und bereiten uns auf die Einfahrt in die Magellanstraße vor. Da hast du was, um es später deinen Enkeln erzählen zu können, Schiffsjunge. Ein Viertel nach Backbord und Maschinen auf halbe Kraft!« befahl Kapitän Brandovic und vergaß meine Anwesenheit.

Ich war sechzehn Jahre alt und fühlte mich glücklich. Ich stieg in die Kombüse hinab, um wieder Kartoffeln zu schälen, aber eine angenehme Überraschung erwartete mich: der Koch hatte das Menü geändert und brauchte mich deshalb nicht.

Ich verbrachte den ganzen Tag an Deck. Obwohl wir

Hochsommer hatten, drang der Wind bis auf die Knochen. Gut verpackt in einen Poncho aus Chiloé sah ich die Inselgruppen auf unserem Weg Kurs Ostsüdost vorüberziehen.

Ihre Namen, die von Abenteuern erzählten, kannte ich im Schlaf: Isla Cóndor, Isla Parker, Maldición de Drake, Puerto Misericordia, Isla Desolación, Isla Providencia, Peñón del Ahorcado...

Mittags ließen sich der Kapitän und die Offiziere das Essen auf der Brücke servieren. Sie aßen im Stehen, ohne auch nur für einen Moment den Blick von der Karte und den Navigationsinstrumenten zu heben, und unterhielten sich dabei mit dem Maschinenraum in einer Zahlensprache, die nur sie verstanden.

Ich brachte den Kaffee, und da wurde der Kapitän erneut auf mich aufmerksam.

»Was zum Teufel hast du auf dem eisigen Deck gewollt, Schiffsjunge? Willst du dir eine Lungenentzündung holen?«

»Ich habe die Meerenge betrachtet, Kapitän.«

»Bleib hier, damit du besser sehen kannst. Jetzt beginnt der beschissene Teil der Reise, Schiffsjunge. Wir werden die Enge nehmen, im wahrsten Sinne des Wortes. Schau. Backbord haben wir die Küste der Halbinsel von Córdoba. Sie ist von Klippen umgeben, die aufgereiht sind wie Haifischzähne. Über Steuerbord ist die Aussicht auch nicht besser. Hier haben wir die südöstliche Küste der Isla Desolación. Tödliche Klippen, und als wäre das noch nicht genug, treffen wir in wenigen Meilen auf die starken Strömungen des Kanals Abra, der die ganze Wucht des offenen Meeres mit sich führt. Dieser verdammte Kanal hätte beinahe das Schicksal von Hernando de Magellanes besiegelt. Schiffsjunge. Du kannst hierbleiben, wenn du weißt: Schweigen ist besser als Reden. Mach den Mund nicht eher wieder auf, als du den Leuchtturm von Ulloa gesehen hast.«

Die *Estrella del Sur* drosselte ihre Maschinen aufs äußerste, und etwa um sieben Uhr abends erblickten wir die am Horizont backbords tanzenden Silberstrahlen des Leuchtturms von Ulloa. Hier verbreitert sich die Magellanstraße. Die Fahrt wurde schneller, und die Spannung der Männer ließ nach.

Um elf Uhr nachts tauchten die Lichtstrahlen des Leuchtturms von Kap Croward das Schiff in einen Willkommensgruß. Kapitän Brandovic gab Befehl, den Bug nach Norden zu drehen, und der Koch rief mich, damit ich die hungrige Mannschaft bediente.

Nachdem ich die Teller und alle Siebensachen gespült hatte, stieg ich an Deck. Der klare Himmel schien so tief zu hängen, daß man Lust bekam, einen Arm auszustrekken und die Sterne zu berühren. Auch glaubte man, die Lichter der Stadt müßten ganz in der Nähe sein.

Punta Arenas liegt an der Ostküste der Halbinsel Brunswick. An dieser Stelle ist die Magellanstraße einige zwanzig Meilen breit. Auf der anderen Seite beginnt Feuerland, und etwas weiter südlich bilden die Wasser der Bahia Inútil in der Meerenge eine Lagune von einigen siebzig Meilen Breite.

Am Tag darauf war die Hinreise zu Ende. Ich trug das letzte Frühstück auf, und Kapitän Brandovic verabschiedete sich von mir und erinnerte mich an das Datum der Rückreise: in sechs Wochen. Er reichte mir seine Seemannspranke sowie einen Umschlag, mit dem ich nicht gerechnet hatte. Darin fanden sich verschiedene

Scheine, ein Vermögen für einen Jungen von sechzehn Jahren.

»Vielen Dank, Kapitän.«

»Nichts zu danken, Schiffsjunge. Der Koch behauptet, noch nie einen besseren Helfer an Bord gehabt zu haben.«

Ich befand mich in Punta Arenas, hatte Schwielen an den Händen und in den Hosentaschen das erste mit Arbeit verdiente Geld. Nachdem ich einige Stunden durch die Stadt geschlendert war, suchte ich das Haus der Britos, auch sie Bekannte von Onkel Pepe. Sie empfingen mich mit offenen Armen.

Die Britos waren ein kinderloses Ehepaar und kannten die Gegend wie ihre Handflächen. Elena, die Frau, gab Englischunterricht an einem Institut, und Don Félix, der Mann, verband seine Arbeit als Radiosprecher mit Forschungen zur Meeresbiologie. Als er von meinem Interesse für Walfänger erfuhr, fühlte sich Don Félix angesprochen und lud mich auf der Stelle ein, Fotografien anzuschauen sowie einige Bilder, die sein Großvater gemalt hatte, ein bretonischer Seemann, der blutjung nach Feuerland gekommen war und es nie wieder verlassen wollte.

Das Haus der Britos war, wie fast alle Gebäude im Süden, aus Holz. Im geräumigen Wohnzimmer gab es einen steinernen Kamin, in dem wir abends Feuer machten, und die einladende Atmosphäre verleitete dazu, still zu sitzen und auf das Rauschen des nahen Meeres zu hören. So verbrachte ich die ersten vier Tage im Angesicht von Feuerland. In der Frühe stiegen wir in den Landrover und nahmen die Landstraße, die Punta Arenas mit Fuerte Bulnes im Süden verbindet, und wenn es Abend wurde, setzten wir uns an den Kamin. Dann erzählte mir Don Félix von Walfischen und Walfängern.

Er verstand sich darauf, interessante Geschichten auf eine großartige Weise zu erzählen. Ich aber wollte nicht zuhören, ich wollte erleben.

Einmal bemerkte Don Félix, daß ich mit meinen Gedanken ziemlich weit weg von diesem angenehmen Ort war, und das Fotoalbum schließend, sprach er zu mir:

»Mir scheint, du bist ganz schön von dem Bazillus angesteckt, dich auf einem Walfänger anheuern zu lassen. Dagegen kann man nichts machen. Schön. Als erstes müßtest du dich nach Porvenir auf die andere Seite der Meerenge begeben. Die wenigen Walfänger, die um diese Zeit noch da sind, sind auf dem Meer, aber ich weiß, daß in Puerto Nuevo einer meiner Freunde mit seinem Schiff vor Anker liegt, um es zu reparieren. Er ist ein schwieriger Mensch, aber sollte er dich akzeptieren, mein Junge, wirst du dein erträumtes Abenteuer bekommen.«

DREI

Am nächsten Morgen überquerte ich die Meerenge an Bord eines mit Gasflaschen vollgestopften Lastkahns. Puerto Nuevo liegt einige hundert Kilometer südöstlich von Porvenir. Also stellte ich mich an die Landstraße, die Porvenir mit San Sebastián, einem Dorf an der Grenze zum argentinischen Teil von Feuerland, verbindet, und wartete auf eine Fahrgelegenheit.

Ich hatte Glück, denn eine halbe Stunde später hielt ein Jeep des Landwirtschaftsministeriums. Mit ihm reisten einige Veterinärärzte, die sich erfreut zeigten, einen Jungen kennenzulernen, der so weit ab von Santiago herumstreunte. Die unebene Landstraße verlief parallel zur Nordküste der Bahía Inútil, und gegen drei Uhr nachmittags verabschiedete ich mich von ihnen in Puerto Nuevo.

Der Ort bestand aus etwa zwanzig Häusern, alle in einer Reihe an einer Straße, die am Meer endete. Ich mußte ein Schiff suchen, die *Evangelista*, und den Eigentümer, Antonio Garaicochea, besser bekannt als »El Vasco«, der Baske.

Am Landungskai des kleinen Hafens fand ich verschiedene Schiffe, aber die *Evangelista* war nirgends zu sehen. Ich fürchtete, sie wäre schon ausgelaufen, und so näherte ich mich einer Gruppe von Männern, die ein Schiff kalfaterten.

»Wie? Wen suchst du, Grünschnabel?«

»Don Antonio Garaicochea. Den Eigentümer der *Evangelista*. Man hat mir gesagt, daß er sein Schiff hier hat, um es reparieren zu lassen.«

»Ach! El Vasco. Sie sind draußen und fahren eine Proberunde. Sie werden schon auf dem Rückweg sein«, sagte einer der Männer, und dann machten sich alle wieder ans Kalfatern.

Ich wollte nicht am Kai bleiben, denn die belustigten Blicke der Männer störten mich, und Hunger hatte ich auch. Also lief ich durch die Doppelreihe der Holzhäuser auf der Suche nach einem Laden. Als ich an einer offenen Tür vorbeikam, stach mir plötzlich der unwiderstehliche Geruch gebratener Zwiebeln in die Nase, und ich blieb stehen. Ich hob den Kopf und sah die auf einem Brett gemalten Buchstaben: PENSION FUEGUINA. Der Duft trieb mich vorwärts, und zum erstenmal betrat ich ohne Begleitung ein Restaurant.

Das Lokal war leer. Kein Gast saß an einem der Tische, die, in zwei Reihen angeordnet, an einem Schanktisch endeten, der mit Öllampen und künstlichen Blumen geschmückt war. Ich nahm an einem der Tische Platz und wartete darauf, bedient zu werden.

Aus der Tiefe des Lokals tauchte eine Frau auf und näherte sich mir mit erstaunter Miene.

»Was willst du, Jungchen?«

»Etwas zu essen. Ich habe heute nur gefrühstückt.«

»Wenn du willst, mache ich dir ein Käsebrötchen.«

»Könnte es nicht etwas Warmes sein? Aus der Küche kommt so ein wunderbarer Duft. Und bezahlen kann ich auch, Señora. Machen Sie sich deshalb keine Sorgen.«

»Es ist nur, daß ich keine Minderjährigen bedienen darf. Wenn die *carabineros* kommen, verpassen sie mir eine riesige Geldstrafe.«

Nur ungern stand ich auf. Minderjährig zu sein, war manchmal wie ein Fluch. Ich mußte ein Gesicht gemacht haben, das die Frau zu rühren schien, denn noch ehe ich an der Tür war, rief sie mir nach:

»Warte, Jungchen. Ich bring dir ein Stückchen Lamm mit Zwiebelchen und Kartöffelchen.«

Das »Stückchen« erwies sich als halbe gebratene Lammkeule, und ich kaute mit vollen Backen und genoß mein Abenteuer. Ich dachte an meine Freunde in Santiago und an ihre langweiligen, immer gleichen Sommerferien, immer dasselbe: ein Monat an den Stränden von Cartagena oder Valparaíso, Spaziergänge am Nachmittag und viel Creme gegen den Sonnenbrand. Ich aber würde bei meiner Rückkehr eine Menge zu erzählen haben. Noch waren keine zwei Wochen der Reise vorbei, und schon hatte ich Seemannserfahrungen, Schwielen an den Händen, die Magellanstraße durchquert, Geld verdient und befand mich beinahe am Ende der Welt, wo ich gerade dabei war, eine halbe Lammkeule zu verschlingen. Eine gefährlich tiefe Stimme riß mich aus meinen glücklichen Gedanken. Sie gehörte einem der beiden Carabineros, die sich mit weitausholenden Schritten näherten, den typischen Schritten derer, die gerade vom Pferd gestiegen sind.

»Was tust du hier, junger Mann?« fragte der mit dem höheren Dienstgrad.

Ich schluckte rasch, bevor ich antwortete.

»Ich warte auf Don Antonio Garaicochea. Ich

komme aus Punta Arenas mit einer Nachricht für ihn. Am Kai haben sie mir gesagt, er sei hinausgefahren, um sein Schiff auszuprobieren, und weil ich Hunger hatte, bin ich hergekommen, um zu essen...«

»Sie sind nicht von hier, Landsmann. Sie reden zuviel. Sie sind nicht zufällig von zu Hause weggelaufen? Woher kommen Sie?«

»Aus Santiago.«

Meine Antwort erschreckte den Polizisten, der die Fragen stellte.

»Wir wollen doch mal sehn. Haben Sie einen Ausweis?«

Ich hatte einen, und ganz neu war er auch. Den gab ich ihm, zusammen mit der eingeschweißten notariellen Genehmigung, die meine Eltern unterschrieben hatten. Der Polizist las und bewegte dabei die Lippen.

Nach den Formalitäten wie Name und Anschrift hieß es in der Genehmigung: »Sowie in unserer Eigenschaft als legitime Eltern und gesetzlich Verantwortliche des Inhabers erklären wir, daß er mit unserer Erlaubnis und Zustimmung den Süden des nationalen Territoriums bereist. Diese Genehmigung verfällt am 10. März 19...«

»Gut zu Fuß der Mann. Was meinen Sie, Korporal? Kommt aus Santiago, der Landsmann. Nicht schlecht. Ich freue mich zu hören, daß es noch immer Chilenen gibt, die ihr Land kennenlernen wollen. Wie schmeckt das Lämmchen?« erkundigte sich der Polizist ganz freundschaftlich, während er mir die Papiere zurückgab.

»Köstlich«, gelang mir zu antworten, und in diesem Augenblick betraten zwei Männer das Lokal. Beides waren sehr große und außerdem stämmige Burschen. Zwei richtige Kleiderschränke, drei Etagen hoch, wie man in Santiago sagt.

»Wenn man vom Teufel spricht…«, begrüßte sie einer der Carabineros.

»Vasco: das Landsmännlein hier sagt, daß es dich sucht.«

Der Angesprochene nahm die Baskenmütze ab, die groß wie eine Bratpfanne war, und schaute mich aufmerksam von oben bis unten an. Dann schaute er seinen Begleiter an und zuckte mit den Schultern.

»Hier sind wir«, murmelte El Vasco und rief mich mit einer Bewegung des Zeigefingers an seine Seite.

Diese erste Begegnung gefiel mir überhaupt nicht, und ich dachte, daß es mir schwerfallen würde, mit den Polizisten im Rücken, ihm meine Wünsche auseinanderzusetzen. Zum Glück hielten die Uniformierten ihre Mission für beendet. Sie verließen das Lokal und begaben sich zu ihren Pferden.

»Nehmen Sie Platz. Was gibt es, Landsmann?«

»Also… ich komme aus Santiago… aber vorher war ich in Punta Arenas. Don Félix Brito schickt Ihnen viele Grüße…«

»Schau an. Man dankt. Möchten Sie etwas trinken?«

»Danke. Eine Limo…« Es gelang mir nicht, das Wort zu beenden, weil der Begleiter des Basken in Richtung Küche rief:

»Ña Emilia! Ein Liter starken Chicha für uns und ein Gläschen von der süßen für das Landsmännlein!«

Die Verkleinerungsformen, wie sie im Süden Chiles so gebräuchlich sind, klangen wirklich verkleinernd aus dem Munde dieses riesigen Mannes.

Die Frau brachte das Gewünschte, und mir wurde ein weiteres unvergeßliches Erlebnis auf dieser Reise zuteil. Zum ersten Mal trank ich den sehr süßen Saft der Feuerland-Äpfel, kleinen Früchten mit harter Schale, die das weiße Fruchtfleisch vor den unbarmherzigen Bissen der Polarwinde schützt. Apfelbäume, die wer weiß welche Emigranten gepflanzt haben, unansehnliche Früchte von der Farbe gebleichten Kaffees, aber mit einem unvergleichlichen Geschmack.

»Salucita!« sagte der Begleiter und hob sein Glas. Er hieß Don Pancho Armendía und war Teilhaber, Kumpel, Zweiter an Bord, Harpunier und der beste Freund von El Vasco.

Beide Männer machten sich über zwei halbe Lammkeulen her, und ich, mein Glas in der Hand, in kleinen Schlucken den Apfelmost trinkend, fühlte mich unbehaglich.

»Also: Don Félix schickt Sie zu mir. Und was kann ich für Sie tun, Landsmännlein?«

Genau das war *die* Frage. Lange bevor ich Santiago verlassen hatte, hatte ich meine Ansprache vorbereitet, die ich dem ersten Walfänger, der mir begegnen würde, halten wollte. Doch nun, da ich den beiden Männern gegenübersaß, die schweigend aßen, fand ich meine Worte nicht mehr.

»Mich mitnehmen. Für eine kurze Zeit. Nur für eine Reise!«

El Vasco und Don Pancho sahen sich an.

»Was wir machen, Landsmann, ist kein Kinderspiel. Es ist harte Arbeit. Und manchmal mehr als hart.«

»Ich weiß. Ich habe Erfahrung auf dem Meer. Na ja. Nicht viel.«

»Und wie alt sind Sie, wenn man fragen darf?«
»Sechzehn. Aber ich bin schon fast siebzehn.«
»Schau an. Und Sie gehen nicht zur Schule?«
»Doch. Ich bin hier und nutze die Sommerferien.«
»Schau an. Und woher kommt die Erfahrung?«
»Ich bin auf der *Estrella del Sur* gefahren. Das heißt, ich habe die Reise von Puerto Montt nach Punta Arenas als Smutje gemacht.«
»Schau an. Dann kennen Sie also den Polen.«
»Kapitän Brandovic? Ich glaube, sein Name ist jugoslawisch.«
»Alle, die mit *ki* oder *ic* am Ende heißen, nennen wir hier in der Gegend die Polen«, informierte mich Don Pancho.
Die Konversation, falls man es so nennen kann, ging in einem Ton weiter, der mir unangenehm und aussichtslos schien. Ich sah meine Illusionen auf und davongehen, während die beiden Männer aßen und jeden Augenblick eine neue Frage stellten. Ich begann, dieses *Schau an* zu hassen, das Don Antonio Garaicochea wie eine unvermeidbare Krücke schwenkte. Inzwischen betrat eine Gruppe von Männern das Lokal. Es waren dieselben, die ich zuvor beim Kalfatern gesehen hatte. Mit ihren freundlichen Stimmen begannen sie, mir die Aufmerksamkeit El Vascos und Don Panchos streitig zu machen.
»Und was können Sie, Landsmännchen?«
Das war eine weitere Gretchenfrage. In Wirklichkeit konnte ich nicht sehr viel.
»Ich kann kochen. Na ja. Ein wenig.«
»Schau an. Also kochen können Sie.«
El Vasco glaubte mir nicht, und ich betete, daß er

mich nicht nach Einzelheiten der Zubereitung eines Gerichtes fragte. Don Pancho säuberte den Lammknochen mit der Messerspitze und stellte mir die rettende Frage, deren Antwort mir dennoch schwerfiel.

»Und warum wollen Sie auf einem Walfänger mitfahren, Landsmännchen?«

»Weil... weil... die Wahrheit ist, weil ich einen Roman gelesen habe. Moby Dick. Kennen Sie ihn?«

»Ich nicht. Und ich bin sicher, El Vasco auch nicht. Wir sind nicht sehr belesen hier in der Gegend. Und wovon handelt dieser Roman?«

Bei meinen Freunden in Santiago stand ich im Ruf, ein guter »Erzähler« von Filmen zu sein. Es war fünf Uhr nachmittags, als ich, zunächst schüchtern, die Geschichte von Kapitän Ahab zu erzählen begann. Die beiden Männer hörten mir schweigend zu, und nicht nur sie. An den anderen Tischen unterbrach man die Gespräche, und nach und nach kamen alle Gäste an unseren Tisch. Ich erzählte und kämpfte mit meinem Gedächtnis. Ich durfte mich nicht verraten. Die Männer begriffen, daß ich mich auf das konzentrieren mußte, was ich ihnen da erzählte, und geräuschlos füllten sie mir mehrere Male das Glas mit Apfelmost. Ich redete zwei Stunden lang. Herman Melville wird mir verzeihen, wenn meine Version seines Romans mehr mit meinem eigenen Garn gestrickt war. Doch als ich fertig war, schienen alle Männer nachdenklich, und nachdem sie mir applaudiert hatten, kehrten sie an ihre Tische zurück.

»Moby Dick. Schau an«, seufzte El Vasco.

Sie baten um die Rechnung. Bezahlten. In mir stieg die bittere Gewißheit hoch, daß mein Abenteuer bis hierher und nicht weiter reichen würde.

»Schön. Gehen wir«, sagte Don Pancho.

»Ich auch? Sie nehmen mich mit?«

»Ist doch klar, Landsmännchen. Wir müssen das Licht nutzen, um neu aufzutakeln. Morgen früh lichten wir den Anker.«

VIER

Mir schien die *Evangelista* ein kleines Schiff zu sein, und ich verstand nicht, wie sie es anstellten, die Wale an Bord zu hieven. Während sich El Vasco und Don Pancho damit beschäftigten, die Harpunen zu prüfen, den Zapfen der kleinen Bugkanone zu ölen, nach der Ladung aus Kartoffeln, Dörrfleisch, Treibstoff und Salz zu sehen, die Blöcke und Taue zu kontrollieren, welche die beiden Boote an der Steuerbordseite und ein weiteres am Heck festhielten, nutzte ich die Zeit, die fünfzehn Meter Schiffslänge auf und ab zu laufen und zu begreifen, wie wichtig den Seeleuten die Ordnung ist.

Unter Deck wurden Fässer und allerlei Gerätschaft, die mir unbekannt war, aufbewahrt. Im Teil, der zum Vorderschiff gehörte, gab es fünf Kojen und ein Rohr zur Verständigung mit dem Oberdeck.

In jener Nacht schlief ich in der Hütte, die sich El Vasco und Don Pancho teilten. Vor dem Einschlafen erklärten sie mir, daß sie den größten Teil des Jahres mit ihren Familien in Porvenir verbrachten und die Hütte ihre Hafenwohnung war.

»Don Pancho, erklär dem Landsmännchen, wohin die Fahrt geht.«

Don Pancho breitete eine Seekarte auf dem Tisch aus, und sein Finger begann zu reisen.

»Wir sind jetzt hier in Puerto Nuevo und fahren in

Richtung Westen bis Paso Boquerón. Dort erreichen wir die Magellanstraße, folgen ihr, den Bug nach Süden, bis in die Nähe von Cabo Froward. Bis dahin sind es etwa hundertdreißig ruhige Meilen. Sobald wir Cabo Froward erblicken, verlassen wir die Meerenge, die in Richtung Westnordwest verläuft. Wir fahren mit Südkurs weiter, und wenn wir die Küste der Inseln Dawson und Aracena erreichen, nehmen wir die Nordeinfahrt des Cockburn-Kanals. Dreißig Meilen weiter südlich, gegenüber der Halbinsel Rolando, machen wir eine Biege von vierzig Meilen in Richtung Westnordwest, um vor der Insel Furia das offene Meer zu erreichen. Dann biegen wir um die Camden-Inseln herum in Richtung Südosten, bis wir die Bahia Steward vor den Gilbert-Inseln erreichen. Das sind noch einmal dreißig Meilen, und uns erwartet, wie das Radio verkündet, eine bewegte See. Zwanzig Meilen weiter östlich beginnt der Ballenero-Kanal. Hier, an der Nordküste der Insel Londonderry liegt unsere Faktorei. Ein paar Meilen weiter östlich beginnt der Beagle-Kanal, und an der Bahia Cook werden uns schon die Wale erwarten.«

Mit dem ersten Licht des Morgens stachen wir in See. Zur Besatzung der *Evangelista* gehörten neben El Vasco und Don Pancho zwei wortkarge Chiloten und ein Argentinier, der als Koch und Elektriker arbeitete. Der Argentinier weigerte sich rundweg, mich an seine Töpfe zu lassen, was mir nur recht war, denn ich hatte nicht die Absicht, die ganze Zeit unter Deck zu verbringen, obschon es mich störte, keine Beschäftigung zu haben. Zum Glück ernannte mich Don Pancho zum »Radiohörer«, und meine Aufgabe bestand darin, das Ohr ständig am Radio, auf dem Oberdeck die Wetterinformationen aufmerksam zu verfolgen.

Die beiden Chiloten waren unter Mittelmaß, aber von sehr kräftiger Statur, und wie mir El Vasco erklärte, gab es im ganzen antarktischen Meer keine besseren Ruderer.

Wir fuhren, wie Don Pancho es beschrieben hatte. Bei Einbruch der Nacht erreichten wir mit Viertelkraft den Cockburn-Kanal. Der Baske blieb die ganze Nacht am Steuer, und er verließ es erst, als wir im Morgengrauen auf offenem Meer waren.

Da hatte ich wieder ein unvergeßliches Erlebnis. Vor den Camden-Inseln näherte sich uns eine Gruppe von Delphinen mit wundervollen Sprüngen. Fast streiften sie das Schiff, und die Chiloten lachten wie glückliche Kinder. Das Spiel dauerte Stunden. Die Delphine erwiderten die Rufe und Pfiffe mit noch höheren Sprüngen und eskortierten die *Evangelista* bis zur Einfahrt in die Bahia Steward.

Wir fuhren stundenlang durch die ruhigen Wasser des Ballenero-Kanals. Vor einer der Buchten der Insel Londonderry befahl der Baske die Maschinen zu stoppen. Die Matrosen ließen zwei Boote ins Wasser, beluden sie mit den Fässern, die ich zuvor unter Deck gesehen hatte, und transportierten sie zu dem Holzbau, der die Bucht beherrschte. Es war die Faktorei, die von Gebilden umgeben war, welche auf den ersten Blick versteinerten Baumstümpfen glichen.

El Vasco lud mich ein, an Land zu gehen, und ich entdeckte, daß die Baumstümpfe die Knochen Hunderter auf dem steinigen und muschelübersäten Strand geschlachteter Wale waren.

»Das macht Ihnen Eindruck, Landsmännchen? So etwas kommt bestimmt nicht in den Romanen vor. Das ist am Schluß das Schicksal der Wale. Zuerst schießen wir eine Harpune mit der Kanone, um die Wale sicher zu haben, dann töten wir sie mit den Handharpunen, und dann schleppen wir sie in die Faktorei, wo die Messer ihre Arbeit tun. Alles Brauchbare wird herausgeschnitten und kommt in die Fässer. Der Rest ernährt die Möwen und Kormorane. Wollen Sie sich die Insel ansehen? Tun Sie es, aber laufen Sie nicht zu weit. Ein Stückchen weiter südlich finden Sie eine Kolonie Robben und See-Elefanten.«

Ich mußte nicht allzu weit laufen, um die Tiere zu finden. Viele Hundert Robben, See-Elefanten, Pinguine und Kormorane hielten die steinerne Festung am Ufer des Meeres besetzt. Kaum hatten sie mich gewittert, hoben sie die Köpfe. Die Robben bewegten ihre Barthaare, als wollten sie meine Absichten erraten.

Ich spürte, wie sie mich mit ihren kleinen dunklen Augen aufmerksam beobachteten, doch sogleich entschieden sie, daß ich harmlos sei, und kehrten zu ihrer ewigen Beschäftigung als Wächter des Horizonts zurück.

Eine Stunde später verließen wir die Faktorei, und die *Evangelista* drehte den Bug nach Osten zur Einfahrt des Beagle-Kanals. Steuerbord lag die Insel O'Brian und backbord Londonderry. Als wir die ersten zwei Meilen hinter uns hatten, wurde die Durchfahrt eng wie ein Trichter. El Vasco, hoch aufgerichtet, um keinen Millimeter des schmalen Horizonts zu verpassen, führte das Steuer mit sanften Drehungen. Es war eine angespannte Fahrt, bis ein Seufzer der Erleichterung von seinen Lippen kam, als er die Küste der Darwin-Insel erkannte. Vier Stunden brauchte die *Evangelista* für diesen Sieben-Meilen-Alptraum. Don Pancho nahm das Steuer und drehte den Bug nach Süden. Wir näherten uns der Bahía Cook und den Walen.

Don Pancho erklärte mir, daß sich die einfältigen Wale für gewöhnlich kaum dreißig Meilen weiter südlich vor den Christmas-Inseln paarten, daß aber die Wasser dort der Strömungen und trügerischen Eisblöcke wegen mehr als gefährlich seien. Er erzählte mir von den unglücklichen Schiffen, die von den Strömungen erfaßt worden waren und bei dem Versuch zu entkommen, ihren Teibstoff aufgebraucht hatten. Schließlich drifteten sie weiter ab und wurden nach Südosten bis vor die Henderson-Inseln und an das Falsche Kap Horn getrieben, wo sie schließlich an den Klippen zerschellten.

»Und obwohl wir Sommer haben, kann man in diesem Wasser nicht schwimmen. Der menschliche Körper erträgt es keine fünf Minuten, bevor er am Schock durch Erfrieren stirbt«, schloß Don Pancho.

Die Wasser der Bahia Cook zeigten sich ruhig. Ein leichter Nebel stob von der Oberfläche und ließ die Umrisse der Inseln verschwinden. Das Schiff machte Fahrt beinahe ohne zu schaukeln, und auf Befehl des Basken kletterte einer der Matrosen auf den Topmast. In sieben Metern Höhe band er sich mit seinem Gürtel fest, und es verging nicht viel Zeit, bis wir seinen Ruf hörten:

»Wal an Steuerbord! Auf einer Viertelmeile!«

Don Pancho eilte an die kleine Bugkanone und spannte die Harpune ein. Er löste die Taue, die das aufgerollte Seil festhielten, knotete das eine Ende des Seils an den Metallriemen der Harpune, das andere an den Fuß der Kanone, und baute sich dann mit weitgespreizten Beinen auf, bereit zum Abschuß.

Ich näherte mich dem Basken, der mit raubtierhaften Bewegungen das Meer absuchte.

»Da ist er, Landsmännchen. Es ist ein Calderón!«

Das erste, was ich sah, war die Wolke zerstäubten Wassers seiner Atmung, und gleich darauf den riesigen Schwanz des untertauchenden Tiers.

»Don Pancho, hast du ihn im Visier?«

Don Panchos Hand gab ein zustimmendes Zeichen. Minuten vergingen, und der Wal tauchte ganz in unserer Nähe auf. Er zeigte sich in voller Größe. Er maß gut seine acht Meter, und als El Vasco ihn sah, schlug er mit der Hand auf das Steuer.

»Pech! Es ist ein Weibchen. Und außerdem trächtig.«

Am Bug zog Don Pancho die Zündkapsel aus der Kanone, und nachdem er die Seilrolle wieder gesichert hatte, kam er zu uns auf das Oberdeck.

Mir war unklar, wie man das Geschlecht des Wals und daß er trächtig war, erkennen konnte.

»Man erkennt es an der Art aufzutauchen: langsam und den Körper fast horizontal zur Wasseroberfläche«, erklärte El Vasco.

»Und die Weibchen werden nicht gejagt?«

»Nein. Es ist verboten. Niemand tötet das Huhn, das goldene Eier legt«, sagte Don Pancho.

An diesem Tag sahen wir keine Wale mehr in der Bahia Cook.

Bei Einbruch der Nacht ging die *Evangelista* in einer Bucht der Halbinsel Cloue vor Anker, und der Argentinier briet ein Lamm auf dem Rost, das am Heck installiert war. Die Kormorane und Möwen schwammen um das Schiff herum, um die reichlich gespendeten Reste zu erhaschen.

Auch an den folgenden drei Tagen sahen wir keine Wale. El Vasco verriet seine schlechte Laune, wenn er den Treibstoff überprüfte, aber er mußte die Maschinen ständig in Gang halten. Am vierten Tag meldete einer der Matrosen auf dem Topmast einen Wal.

Dieses Mal bekam El Vasco seine Beute: es war ein Pottwal.

Don Pancho schoß die Harpune, und das Tier nahm die hundert Meter Leine rasch mit. Als die Rolle abgewickelt war, brachte der Ruck, mit dem das flüchtende Tier gebremst wurde, das Schiff ins Schlingern. Das wiederholte sich mehrere Male. Der Pottwal wollte fliehen, und während er es in verschiedene Richtungen versuchte, wurde sein vergebliches Ziehen an der Leine immer schwächer. Schließlich kam er erschöpft an die Oberfläche, und die Matrosen ließen eines der Boote ins Wasser. Ich durfte nicht mitfahren, aber ich konnte, über die Reling gebeugt, alle Vorbereitungen beobachten.

Die Chiloten nahmen die kurzen Ruder mit dem breiten Blatt, und El Vasco kettete seine Fußgelenke an einen Metallring, der am Bug des Bootes festgemacht war. Ich sah, wie sie in aller Eile zu dem Tier ruderten. Die Harpune zum Töten in der Hand, stand El Vasco aufrecht im Boot. Sie ruderten, bis sie an die Seite des Pottwals gelangten, und dann versenkte El Vasco die Harpune in der dunklen Haut.

Der Pottwal begann sich gewaltig zu schütteln. Er

peitschte das Meer mit wütenden, flachen Schwanzschlägen, die das Boot, hätten sie es getroffen, zerstört hätten. Indes die Chiloten ihre Geschicklichkeit als Ruderer bewiesen, indem sie den Schlägen des Wals auswichen, ohne sich zu entfernen, schwang El Vasco eine zweite Harpune, die er jedoch nicht mehr brauchte. Später sagte er mir, er hätte das Tier genau in die Lunge getroffen.

Mit dem Körper des Pottwals im Schlepp begannen wir die Rückfahrt zur Faktorei. Don Pancho meinte, daß ihm die Maschinengeräusche mißfielen, und außerdem war der Wetterbericht nicht gerade optimistisch. Wieder gelangten wir durch die gefährliche Durchfahrt zwischen den Inseln O'Brian und Londonderry, und gegen Abend ankerten wir vor der Faktorei.

Am nächsten Morgen schleppten zwei Boote das Tier an den Strand, und mit Messern, die wie Reitgerten aussahen, begannen die Matrosen es zu zerlegen. Das Blut tränkte die Steine und Muscheln, dunkle Ströme färbten das Wasser rot. Die fünf Männer trugen schwarze Gummianzüge und waren von Kopf bis Fuß blutbeschmiert. Möwen, Kormorane und andere Seevögel umkreisten sie wie toll geworden von dem Blutgeruch, und mehr als einer bezahlte für seine Dreistigkeit, zu nahe zu kommen, mit dem Leben, wenn ein Messerhieb ihn im vollen Fluge zweiteilte.

Die Arbeit war schnell getan. Ein Teil des Pottwals endete gesalzen in den Fässern, der größere Teil des Tieres aber blieb am Strand liegen, mit Fleischresten an den Knochen, die nur zu bald zum gespenstischen Bild der Insel Londonderry gehören würden.

Die Maschinen der *Evangelista* hatten tatsächlich gelitten. Die Rückreise nach Puerto Nuevo kostete uns drei Tage. Wir verbrachten sie unter einem Dauerregen, der erst nachließ, als wir die Wasser der Bahia Inútil erreichten.

Was tun? Sollte ich noch eine Weile bei El Vasco und Don Pancho bleiben?

Wir suchten Ankergrund und luden die Fässer und einige Gerätschaften aus. Dann nahmen wir Abschied von dem Argentinier und den Männern aus Chilóe und gingen zum Essen in die Pension Fueguina.

Lammbraten und Apfelmost.

»Pech, Landsmännchen«, sagte El Vasco.

»Ein Pottwal. Das reicht gerade für die Unkosten«, klagte Don Pancho.

»Und Sie, Landsmännchen, was meinen Sie?«

»Ich weiß nicht, Don Antonio.«

»Schau an. Hat Ihnen die Reise gefallen?«

»Gewiß. Die Reise hat mir gefallen, das Schiff auch. Sie gefallen mir, die beiden aus Chilóe und der Argentinier. Das Meer gefällt mir, aber ich glaube, ich werde kein Walfänger. Entschuldigen Sie, wenn ich Sie enttäusche, aber das ist die Wahrheit.«

»Schau an. Es ist also nicht wie im Roman?«

Ich wollte etwas hinzufügen, aber El Vasco legte seinen Arm um mich und schaute mich voller Zuneigung an.

»Wissen Sie, Landsmännchen, ich freue mich, daß Ihnen die Jagd nicht gefallen hat. Jeden Tag gibt es weniger Wale. Vielleicht sind wir die letzten Walfänger auf diesen Meeren, und das ist gut so. Es ist an der Zeit, die Wale in Ruhe zu lassen. Mein Urgroßvater, mein Großvater, mein Vater, sie alle waren Walfänger. Wenn ich einen Sohn in Ihrem Alter hätte, würde ich ihm raten, einen anderen Kurs zu nehmen.«

Am nächsten Morgen begleiteten sie mich bis zur Landstraße und setzten mich in den Lastwagen eines Bekannten, der nach Porvenir fuhr.

Ich umarmte sie mit der verzweifelten Liebe desjenigen, der weiß, daß er sie wahrscheinlich niemals wiedersehen wird.

Die Welt am Ende der Welt.

Eine sanfte Hand berührt mich, und mir wird klar, daß ich noch immer in Hamburg bin; eine Angestellte der Fluglinie bittet mich in aller Freundlichkeit um meine Bordkarte.

ZWEITER TEIL

EINS

London, die einzige Zwischenlandung in Europa, dauerte etwa eine Dreiviertelstunde. Danach erreichte das Flugzeug die für einen den Atlantik überfliegenden Clipper angemessene Höhe. Es war sechs Uhr dreißig am Morgen des 20. Juni 1988. Der Himmel zeigte sich wolkenlos, und die Sonne, deren Lauf wir folgen würden, zwang uns, die Blenden herunterzuziehen.

Ich habe bereits angedeutet, daß diese Reise viele Male im Gespräch war und sich immer Gründe fanden, sie hinauszuschieben. Und doch saß ich jetzt an Bord eines Flugzeugs, das mich nach Chile brachte, nach einer Entscheidung, die ich ziemlich überstürzt getroffen hatte.

Die Beine ausgestreckt und den Sitz zurückgelehnt, machte ich mich daran, die Gründe zu rekonstruieren, die mich – vier Tage war es her – hatten sagen lassen: »Ja, ich komme.«

Alles begann am 16. Juni kurz vor Mittag. Ich saß mit meinen drei Kollegen im Büro, aber bevor ich weitererzähle, will ich sagen, wer meine Kollegen sind und was das Büro ist.

Es sind eine Holländerin und zwei Deutsche, freie Journalisten wie ich, die es eines Tages müde waren, für die »seriöse« Presse zu schreiben, die sich nur dann für die Probleme interessiert, an denen die Welt leidet, wenn sie das Ausmaß von Skandalen haben. Wir haben uns im richtigen Augenblick kennengelernt, kamen ins Gespräch und entdeckten, daß wir unter demselben Frust litten und viele Ansichten gemeinsam hatten. Aus diesem Miteinander entstand die Idee, eine alternative Nachrichtenagentur zu gründen, die sich grundsätzlich um die Probleme im Umfeld der Ökologie kümmern sollte, und daß wir auf jene Lügen antworten würden, die die reichen Nationen auftischen, wenn sie die Ausplünderung der armen Länder rechtfertigten. Nicht nur die Ausplünderung der Rohstoffe, sondern auch der Zukunft. Vielleicht ist letzteres schwer zu verstehen, aber schauen Sie: Wenn eine reiche Nation in einem armen Land ein Lager für chemische oder nukleare Abfälle einrichtet, dann tut sie nichts anderes als besagter Menschengemeinschaft die Zukunft zu rauben; denn warum errichten sie diese Lager nicht auf ihrem eigenen Territorium, wenn die Abfälle, wie sie behaupten, »unschädlich« sind?

Das Büro ist ein Zimmer von siebzig Quadratmetern, das wir in einer ehemaligen Schraubenfabrik gemietet haben. Wir verfügen über vier Schreibtische, einen Computer aus zweiter Hand, der mit einer Datenbank verbunden ist, welche Informationen aus dem Umweltbereich enthält. Wir haben ein Telefax, das uns mit anderen alternativen Agenturen in Holland, Spanien und Frankreich verbindet sowie mit verschiedenen Umweltorganisationen wie Greenpeace, Comunidad oder Robin Wood.

Der Computer ist manchmal der fünfte Mitarbeiter, und wir nennen ihn »Bromuro«, zu Ehren des Informanten von Detektiv Pepe Carvalho.

An jenem Morgen waren wir gerade dabei, die Information über einen Plan des britischen Industrie-Ministeriums zu analysieren, der vorsah, die Verbrennung von Giftmüll vor dem Golf von Biscaya zu rechtfertigen und fortzusetzen.

Da begann mit einmal der Ticker eine Nachricht zu übermitteln, die in Chile aufgegeben worden war, und das war der Beginn meiner Reise.

ZWEI

Puerto Montt, 15. Juni 1988. 17.45. Mit Unterstützung von Schleppern der chilenischen Marine lief das Walfangschiff *Nishin Maru* unter japanischer Flagge in den südlichen Hafen ein. Kapitän Toshiro Tanifuji beklagte den Verlust von achtzehn Besatzungsmitgliedern in Magellanischen Gewässern. Eine unbekannte Anzahl verletzter Besatzungsmitglieder wird im Marinehospital behandelt.
Die chilenischen Behörden haben eine Nachrichtensperre aus diesem Anlaß verhängt. Dringend Umweltorganisationen in Kenntnis setzen. Ende.

Die Nachricht hatte Sarita Díaz unterschrieben, eine junge Chilenin, die bei einem Besuch in Hamburg von unserer Arbeit erfahren und sich als Korrespondentin für jene Gegend angeboten hatte. Ehrlich gesagt, sie ist unsere einzige Korrespondentin in der Welt.

Als erstes gaben wir die Namen des Schiffes und des japanischen Kapitäns in den Computer. Bromuro zwinkerte mit seinem Zyklopenauge und entschuldigte sich mit dem Hinweis, daß ihm diese Informationen unbekannt seien.

Der nächste Schritt bestand darin, Bromuro mit der Datenbank von Greenpeace zu verbinden. Minuten später erreichte uns eine rätselhafte Antwort:

Nishin Maru: Walfang- und Verarbeitungsschiff, gebaut auf der Bremer Werft, 1974.
Patent: Yokohama.
Verdrängung: 23.000 Tonnen.
Schiffslänge: 86 Meter.
Schiffsbreite: 28 Meter.
Decks: vier.
Besatzung: insgesamt 117 Personen,
darunter Offiziere, Ärzte, Seeleute, Harpuniere und Fabrikpersonal.
Kapitän: Toshiro Tanifuji (nennt sich selbst »Der Plünderer des Südpazifik«)
Kursinformation: Nach Angaben von Greenpeace-Tokio kreuzt es seit Anfang Mai in der Nähe der Maurizius-Inseln.
Ende der Information.

Bromuro schluckte und verdaute in aller Eile die Daten. Einer von uns sagte etwas von Gespensterschiffen, konnte aber nicht weiterreden, weil das Telefon ihn unterbrach.

Es war Arianne, die Pressesprecherin von Greenpeace.

»Tag! Ich bin gerade ins Büro gekommen und habe die Sache aus Chile erfahren. Wir sollten gleich jetzt darüber reden. Mein Gott, ich glaube, das ist ein dicker Hund, ein ganz dicker. Kommst du?«

Der Sitz von Greenpeace ist nicht weit von unserem Büro entfernt. Man geht um ein paar Häuserblocks, die am Elbufer stehen, und ist schon da. Arianne empfing mich mit einer Kanne Kaffee. Sie war ein einziges Nervenbündel.

»Er hat's geschafft. Mein Gott. Ich weiß nicht wie, aber er hat's getan. Es ist schrecklich. Schrecklich.«

»Beruhige dich, Arianne, beruhige dich. Wer hat was geschafft? Und was zum Teufel ist so schrecklich. Können wir es der Reihe nach klären?«

»Entschuldige. Aber es ist etwas Unglaubliches passiert. Ich werde versuchen, es dir ganz ruhig zu erzählen, schön der Reihe nach, wie man einen Film erzählt. Zuerst lese ich dir eine Nachricht vor, die wir geheimhalten, solange wir eine Anzeige planen und alles, was damit zusammenhängt. Hör zu: ›Santiago, zweiter Mai neunzehnhundertachtundachtzig. Die chilenische Regierung hat eine Jahreslizenz für den Fang von fünfzig Blauwalen zu wissenschaftlichen Zwecken vergeben. Wer die Lizenz bekommen hat, wird von den chilenischen Behörden geheimgehalten.‹ Wie findest du das?«

»Die Japaner. Etwas Ähnliches war abzusehen. Sie haben die chilenischen Generäle mit Geschenken überhäuft. Es liegt auf der Hand, daß sie eine Gegenleistung erwarten.«

»So ist es. Ich mach weiter: Als wir von der Lizenz zum Töten der Blauwale erfuhren, die das Moratorium der Internationalen Walfangkommission von 1986 verletzt, begannen wir Daten zu sammeln, um alles zur Anklage vorzubereiten. Die von den Chilenen erteilte Erlaubnis ist in ihren Einzelheiten noch immer unbekannt; man weiß nicht, wem sie erteilt wurde und wann sie in Kraft tritt. Als wir uns über Blauwale kundig machten, erhielten wir eine Nachricht, die uns Zeit ließ. Ich habe dir eine Mappe mit dem Bericht des kanadischen Meeresbiologen Farley Mowat zusammengestellt. Das ist einer, der etwas von Walen versteht. In seinem

Bericht sagt er, daß es zu dieser Zeit beinahe unmöglich ist, daß die Blauwale ihren Ort verändern und sich in den Nordwesten des antarktischen Polarkreises begeben. Die Wettervorhersagen melden einen frühen Winterbeginn in der Antarktis. Mitte Juni wird das Weddell-Meer sogar für Eisbrecher unpassierbar sein, und nur ein paar verspätete oder kranke Tiere würden sich bis hinter die Shetland-Inseln vorwagen. Mowats Bericht ist zu entnehmen, daß es bis zum nächsten Oktober keine Blauwale in chilenischen Hoheitsgewässern geben wird. Dies zu wissen beruhigte uns, und so können wir unsere Aktionen besser vorbereiten, aber, und jetzt kommt der Grund für meine Aufregung: am achtundzwanzigsten Mai bekamen wir einen mysteriösen Anruf aus Chile. Ein Mann, der ein Seemannsenglisch sprach, du weißt schon, was ich meine, kurz und präzis, überraschte uns mit der Nachricht, daß im Golf von Corovado, hundertfünfzig Meilen südlich von Puerto Montt, die *Nishin Maru* mit kompletter Besatzung liegt. Wie du weißt, ist die *Nishin Maru* eine alte Bekannte von uns...«

DREI

Greenpeace und die *Nishin Maru* lernten sich im Dezember 1987 kennen, und es wurde nicht unbedingt eine Liebesbeziehung.

In diesem Jahr glänzten die Japaner durch eine seltsame »Abwesenheit« bei der Abstimmung auf einer Plenarsitzung der Internationalen Walfang-Kommission. Auf überraschende Weise bekamen sie dann die Erlaubnis, dreihundert Zwergwale aus den antarktischen Gewässern für »wissenschaftliche Zwecke« zu töten.

Gemäß den internationalen Bestimmungen aber darf man nur zwei Wale dieser Gattung im Jahr zu erwiesenermaßen wissenschaftlichen Zwecken töten. Seit dem Moratorium von 1986 hat jedoch kein Walfang-Konsortium das wissenschaftliche Interesse am Töten beweisen, geschweige denn, die Ergebnisse vorlegen können, die man sich davon versprach.

Sobald sie im Besitz der unrechtmäßigen Erlaubnis waren, setzten die Männer der *Nishin Maru* ihr Schiff Richtung Antarktis in Bewegung, und alles schien darauf hinzuweisen, daß niemand und nichts in der Lage wäre, die Ausrottung der vom Aussterben bedrohten Tiere zu verhindern.

Zum Glück für alle war es nicht ganz so, denn als Kapitän Toshiro Tanifuji den Befehl zum Ankerlichten gab, setzten sich auch schon die Ameisen der Umweltorganisation in Bewegung, und so begrüßten ihn am Morgen des 21. Dezember 1987 vier flinke *Zodiacs*, die unter der Flagge des Regenbogens fuhren und die Hafenausfahrt Mitsubishi in Yokohama mit einem lebensgroß aufgeblasenen Wal blockierten.

Kapitän Tanifuji glaubte, es wäre einfach, den Gummiwal beiseite zu räumen und den Kurs fortzusetzen, aber die *Zodiacs* umkreisten das Schiff mit den raschen Bewegungen von Wasserinsekten und verhinderten so das Ablegemanöver und jeden Versuch der Fortbewegung, es sei denn, der japanische Seemann würde es wagen, über die Leiber der Besatzungen hinwegzufahren.

Es ging darum, Zeit zu gewinnen. Die *Zodiacs* fielen dem japanischen Koloß in Yokohama auf die Nerven, während es den Leuten von Greenpeace gelang, in den europäischen Hauptstädten von den Regierungen empfangen zu werden und die Rücknahme der erteilten Erlaubnis zu erwirken.

Die Aktion dauerte fast dreißig Stunden. Die *Zodiacs* wechselten sich ab, um zu tanken, und die Besatzungsmitglieder tranken auf die Schnelle ihren Grog. Um drei Uhr nachmittags am 22. Dezember war die friedliche Schlacht gewonnen: Die Internationale Walfangkommission nahm die Erlaubnis zurück und empfahl Japan, das Moratorium von 1986 anzuerkennen.

Ein guter Freund aus Neuseeland, Bruce Adams, war vor Ort gewesen und erzählte mir, wie er mit seinen vor Kälte steifen Händen den *Zodiac* bis vor die Steuerbordreling der *Nishin Maru* brachte und den Kapitän zu sprechen verlangte.

Toshiro Tanifuji ließ sich blicken.

»Sie haben die Schlacht verloren, Kapitän. Wir wollen Ihnen sagen, daß wir jeden Versuch, die Antarktis zu erreichen, anzeigen werden als eine Verletzung internationaler Bestimmungen zum Schutz des Meeres.«

Tanifuji, das Megaphon in der Hand, antwortete:

»Ihre Aktion ist ungesetzlich. Ein genehmigtes Seemanöver zu verhindern, ist beinahe ein Akt der Piraterie. Ich hätte über eure Boote hinwegfahren können. Es war mein Recht. Die Flagge, die Sie da gehißt haben, schützt Sie nicht. Den Regenbogen sehe ich am liebsten am Himmel. Ich warne Sie alle: Das nächste Mal werde ich keine Rücksicht nehmen.«

»Wir vertrauen darauf, daß es ein nächstes Mal nicht geben wird. Und wenn doch, werden Sie uns wieder hierhaben. Der Walfang ist ungesetzlich.«

»Sie können damit rechnen, daß es ein nächstes Mal gibt. Ich werde alles tun, was in meiner Macht steht, um zu beweisen, daß der Walfang möglich und erlaubt ist. Sie und ich haben etwas gemeinsam: Wir beide sind Träumer, und mein Traum ist, den kommerziellen Walfang im großen Stil wieder anzufangen.«

»Wir träumen verschieden. Unser Traum sind freie Meere, in denen alle Arten in Frieden und Harmonie mit den menschlichen Bedürfnissen leben und sich vermehren können.«

Tanifuji gab ein Zeichen, und vom Deck der *Nishin Maru* ergoß sich ein Katarakt von Abfällen über den *Zodiac*.

Greenpeace und die *Nishin Maru* waren tatsächlich alte Bekannte.

VIER

»... man merkt, daß unser Seemann in Chile ein tatkräftiger Mensch ist«, fuhr Arianne fort.

»Als ich ihm sagte, daß nach unseren Informationen die *Nishin Maru* sich sehr weit von der chilenischen Küste befände, antwortete er, das wäre offenbar nur ein schlechter Scherz, um abzulenken. Schließlich versuchte ich ihn zu beruhigen und erinnerte ihn an Mowarts Bericht, aber er unterbrach mich:

›Auch ich kenne mich bei Walen aus. Tanifuji denkt weder an Blauwale, noch hat er sich vorgenommen, Kurs auf den antarktischen Polarkreis zu nehmen. Er ist hinter den Pilotwalen her, den Calderóns oder wie zum Teufel man sie in Europa nennt.‹«

Arianne gab mir neues Futter für Bromuro.

»Pilotwal, bekannt auch als Calderón, Grindwal, Pothead, Blackfish, Shaudron. Mißt zwischen vier und sieben Meter. Hat Zähne, sieben bis zwölf Paar in jedem Kiefer. Die Männchen sind größer als die Weibchen. Tiere mit robustem Körper und kleinem, abgerundetem Kopf. Die Tragzeit dauert zwischen fünfzehn und sechzehn Monaten. Bei der Geburt sind die Jungen größer als eineinhalb Meter. Sie werden zwanzig Monate lang gesäugt. Ernähren sich hauptsächlich von Tintenfischen. Im Nordatlantik sind sie infolge der willkürlichen Jagd, wie Russen, Norweger und Isländer sie betreiben, vom Aussterben bedroht. Zwischen 1975 und 1977 konnte man eine Abwanderung zahlreicher Tiere in die südliche Hemisphäre beobachten. Einige Hundert fanden Zuflucht im Südpazifik, nördlich der Magellanstraße. Es sind freundliche und zutrauliche Tiere. Man hat herausgefunden, daß sie untereinander einen Verständigungscode von mehr als siebzig Signalen benutzen. Die Überlebensgewohnheiten der ausgewanderten Tiere sind auf die aus dem Süden übergegangen, und so kann man beobachten, daß sie ihren herkömmlichen Lebensraum im offenen Meer verlassen haben, um sich in Buchten, Kanälen und Fjordmündungen zu versammeln. Die Internationale Walfangkommission verbietet ausdrücklich die Jagd und hat den Globicephala melaena zu einer von unmittelbarer Ausrottung bedrohten Art erklärt.«

Arianne goß Kaffee nach und erzählte weiter:

»Ich fragte ihn, ob er genügend Beispiele hätte, um seine Behauptungen zu beweisen. Seine Antwort: ›Ich bin Seemann und kann auf vier Meilen riechen, wenn etwas faul ist. Wollen Sie mir helfen oder nicht?‹ Ich wußte nicht, was ich sagen sollte. Zum Glück fiel mir ein, ihn zu bitten, mit uns in Verbindung zu bleiben. Was er wollte, schien unmöglich. Wir sind nicht in der Lage, in diesen Breiten zu operieren. Wie du genau weißt, ist unsere Flotte sehr klein.«

Arianne hatte wieder einmal recht.

Zu dieser Zeit rüstete die Umweltorganisation ein Expeditionsschiff aus, die *Gondwana*, die in die Antarktis fahren sollte, um den von verschiedenen Nationen auf dem weißen Kontinent eingerichteten Stützpunkten einen Besuch zu machen und mit ihren Insassen über die Notwendigkeit zu sprechen, die Antarktis als einen großen Naturschutzpark, der allen gehörte, zu bewahren, und nicht zur nuklearen oder chemischen Müllhalde verkommen zu lassen, wie es einige, im Gift erstickende Nationen bereits vorgeschlagen hatten. Aber die *Gondwana* würde nicht in der Lage sein, vor Ende August in See zu stechen.

Auch die *Moby Dick* wurde überholt, und sobald sie das Trockendock in Bremen verlassen hatte, nähme sie Kurs auf den Nordatlantik, um den Walfang zu verhindern, den Norweger, Schweden, Dänen, Isländer, Nordamerikaner und Russen mit Schiffen betreiben, die sie mit der Flagge armer Länder tarnen, um so die internationalen Gesetze weniger sträflich zu verletzen.

Die *Sirius* kreuzte im Mittelmeer, um die Schadstoffeinleitung in diesem mehr als gestraften Gewässer aufzuhalten und um zu verhindern, daß dieses Meer, Vater aller Kulturen, als größte Kloake des Planeten endete.

Die *Greenpeace* operierte vor der Atlantikküste der Vereinigten Staaten, um so für eine von Waffen- und Atomtransporten freie Zone zu demonstrieren, und die *Beluga*, der unermüdliche Flußzwerg, folgte den Adern des alten Kontinents, um neue chemische Verseuchungen der Flüsse zu verhindern und so das Leben der Meere wirkungsvoll zu verteidigen.

Man konnte sie durchaus eine kleine Flotte nennen im Angesicht einer ungeheuren, modernen Barbarei.

Ein Schiff fehlte noch, es war das von allen am meisten geliebte.

Es fehlte die alte *Rainbow Warrior*, das Flaggschiff der Regenbogenflotte.

Eine Viertelstunde vor Mitternacht des 10. Juli 1985 rissen zwei mächtige, von Tauchern des französischen Geheimdienstes gelegte Bomben im neuseeländischen Hafen von Auckland zwei tödliche Löcher in ihren Rumpf. Es waren dieselben Bomben, die den portugiesischen Umweltschützer Fernando Pereira, der sich an Bord befand, ermordeten.

Die alte *Rainbow Warrior* hatte manche friedliche Schlacht auf den südlichen Meeren geschlagen, den Irrsinn der französischen Atombombentests auf dem Muroroa-Atoll aufgedeckt, und starb als Opfer eines haßerfüllten terroristischen Anschlags, der von der französischen Regierung gebilligt wurde.

Es gibt nichts Schöneres als ein Segelschiff, das still die Wellen zerteilt, und in eben diesem Schweigen schleppten Freunde, die aus aller Welt gekommen waren, die schlafende *Rainbow Warrior* im Dezember 1985 bis an die Mündung des Matauri an der neuseeländischen Küste. In einer Maori-Zeremonie ließen sie dieses Schiff in die Tiefe des Meeres reisen, hinab in den tiefsten Abgrund, wo es sich mit dem Leben vereinte, für das es gekämpft hatte.

»›Wenn Sie mir nicht helfen können, werde ich allein handeln müssen.‹ Das waren seine letzten Worte«, sagte Arianne zum Schluß.

»Eine Art Rächer der Meere. Was weißt du noch von ihm?«

»Ich vergaß. Er heißt Jorge Nilssen, und er sagte auch

etwas von einem Schiff, der *Finisterre*. Er sprach davon, weil er es in unseren Dienst stellen will. Was können wir tun?«

»Abwarten, Arianne. Etwas anderes fällt mir nicht ein.«

»Etwas sagt mir, daß das alles stimmt. Mein Gott. Achtzehn verschwundene Besatzungsmitglieder. Hinter dieser Geschichte muß etwas Grauenhaftes stecken.«

Arianne hatte auch diesmal recht. Das wenige, was wir wußten, stank zum Himmel, aber so ist es immer mit den wichtigen Tatsachen.

FÜNF

Ich verließ das Büro von Greenpeace und fühlte mich beunruhigt, aus Gründen, die ich mir nicht erklären konnte, und so beschloß ich, ein wenig am Hafen entlangzulaufen, bevor ich in mein Arbeitszimmer zurückkehrte.

Jorge Nilssen. *Finisterre.* Ein schöner Name für ein Abenteuerschiff. Meine Füße liefen durch Hamburg, aber die Gedanken trugen mich zu den kalten südlichen Gewässern. Ich sah mich inmitten der wütenden Brandung, das Meer schüttelte mich durch an einem jener Tage, da es schlecht gelaunt ist. Am Horizont, den die Wellenberge verstellten, sah ich einen Mann, der Jorge Nilssen hieß und sich allein diesem riesigen japanischen Schiff entgegenstellte. Ich wollte ihn rufen, ihn warnen, daß das Schiff ihn überrollen würde, aber der Mann drehte sich um und sprach mich mit den Worten Lautréamonts an, die ich immer wieder lesen oder Korsaren in den Mund legen wollte:

»Sage mir also, ob du die Wohnung des Höllenfürsten bist. Sage es mir, Ozean (mir allein, um jene nicht zu betrügen, die bisher nur Illusionen kennen), und ob es der Atem Satans ist, der die Stürme erzeugt, die deine salzigen Wasser bis in die Wolken schleudern. Du mußt es mir sagen, weil ich mich freuen würde, die Hölle dem Menschen so nahe zu wissen.«[1]

1 Übers. nach Lautréamont, Das Gesamtwerk, Aus dem Franz. von Ré Soupault. Hamburg 1963.

Ich kehrte ins Büro zurück, und nach einem kurzen Meinungsaustausch entschieden wir, daß ich den Fall übernehmen würde.

Es störte mich, so wenig Information zu haben. Das Telegramm, das wir um acht Uhr abends erhielten, verstärkte das Unbehagen.

»Tokio, 16. Juni 1988. Fabrikschiff
Nishin Maru fährt Kurs auf Hafen
Tamatave in Madagaskar. Information
von der Hafenbehörde in Yokohama erhalten.
Greenpeace – Tokio. Ende.«

Verdammtes Gespensterschiff, das an zwei Orten zugleich sein konnte. Bromuro schluckte die gerade angekommene Information, dann wurde sein Auge weiß, als sagte er: Und was meinst du, soll ich davon halten?

Um Mitternacht wurde mir vom vielen Kaffee speiübel, und ich öffnete ein Bürofenster. Die Luft war frisch, und ich konnte die schmutzigen Wasser der Elbe vorbeifließen sehen. Mit einmal flammten auf der anderen Seite des Flusses am Dock der Schrottsammler einige Scheinwerfer auf, ein Schlepper näherte sich und zog ein kaputtes Schiff hinter sich her, das bestimmt sogleich auseinandergenommen werden würde. Ich nahm das Fernglas und betrachtete das Schiff auf seiner letzten Reise. Am Heck war noch immer sein Name zu entziffern: *Lázaro.* Ein wenig tiefer nannten einige vom Rost zerfressene Buchstaben seinen letzten Heimathafen: Santos.

Schiffe, die zum Verschrotten fahren, sind immer ein schmerzlicher Anblick. Sie haben etwas von übergroßen, verwundeten Tieren auf dem Weg zum Friedhof. Noch hing die brasilianische Flagge in Fetzen am Heck der *Lázaro*, und ich war sicher, die Geschichte dieses kaputten Schiffes gliche den vielen anderen, die ich in Hamburg zu hören bekam.

Wenn die Jahre und das Meer aus den Schiffen schwimmende Schrotthaufen machen, nehmen die Reeder sie aus der Linienschiffahrt heraus und verkaufen sie für gewöhnlich an betagte Kapitäne, die sich weigern, ihr Leben an Land zu verbringen. Dann sind sie nicht länger der Lastkahn sowieso, der Korndampfer sowieso, sie verwandeln sich in Tramp Steamers, Hafenvagabunden, die unter den ärmsten Flaggen fahren, mit verkleinerter Besatzung, und sie bekommen Verträge zum Billigtarif, damit sie Fracht transportieren, ohne Fragen nach deren Ursprung zu stellen oder sich um den Bestimmungsort zu kümmern.

Zweifellos war die *Lázaro* ein Tramp Steamer, der die letzte technische Inspektion in Hamburg nicht überstanden und keine Erlaubnis mehr hatte, die Elbe bis zur Mündung von Cuxhafen zu befahren, weil der Kahn ein Risiko für die Schiffahrt darstellte. Sicher stand der Kapitän vor dem Dilemma, entweder die hohen Kosten für eine unmögliche Reparatur zu bezahlen oder es verschrotten zu lassen. Das Schicksal der *Lázaro* erschreckte mich, und ich merkte, wie mir ein Licht aufging. Ich lief zum Telefonbuch und suchte die Nummer von Charly Cuevas heraus, einem jungen Puertoricaner, der ebenfalls von der seriösen Presse enttäuscht war.

»Charly? Entschuldige, daß ich dich um diese Zeit anrufe, aber ich muß dich um Rat bitten.«

»Sprich. Meine Sprechstunde hat gerade geöffnet.«

»Erst neulich habe ich einen Artikel von dir gelesen über die Schrotthändler von Timor. Ich glaube, er hieß ›Die Geier von Ocussi‹. Du schreibst darin über die am schlechtesten bezahlten Schrottarbeiter des Erdballs. Hast du noch mehr Notizen darüber, Daten, oder was es auch sei?«

»Es freut mich zu hören, daß ich treue Leser habe. Was zum Teufel willst du wissen?«

»Ich weiß nicht. Aber ich habe eine Ahnung, die mir keine Ruhe läßt. Hast du zufällig eine Information über die Schiffe, die in den letzten Jahren dort verschrottet wurden?«

»Die Liste ist ziemlich lang. Sag mir Name und Flagge.«

»*Nishin Maru*, Japan.«

Charly bat mich um etwas Geduld. Ich hörte ihn auf seinem Computer tippen, und dann kam er schnell wieder ans Telefon.

»Tatsächlich. Ich habe sie. Nishin Maru, Fabrikschiff, diente zum Fang und zur industriellen Verarbeitung von Walen. Gebaut in Bremen 1974. Patent Yokohama. Jetzt dürften ihre Reste Kaffeemaschinen oder Toaster sein, denn im Januar wurde sie verschrottet.«

»Bist du sicher?«

»In dieser Welt kann niemand einer Sache sicher sein. Die Daten, die ich besitze, habe ich in den Büros der Schrotthändlergesellschaft Timor Metal Corporation gestohlen. Die Sache funktioniert so: die Reeder sagen, sie haben da eine Badewanne, die sie nicht mehr flott kriegen, bitten um einen Termin in Ocussi, bringen das Schiff und die – wie heißen die Einwohner von Timor? – Timoratten? ist auch egal, sie zerlegen es in Rekordzeit, und der Reeder bekommt den Totenschein und außerdem fünfzig Prozent vom Metallwert.«

»Einen Moment bitte. Gibt es irgendeinen Einstieg, der den Beweis ermöglichen würde, daß das zerlegte Schiff wirklich das Schiff war, das unter einem bestimmten Namen und Flagge gefahren ist?«

»Hast du zum Doktor Harmlos promoviert? Wenn ein Reeder eine Badewanne nach Timor schickt und sagt, es handelt sich um die Titanic, dann wird er im Gegenzug ein Dokument erhalten, auf dem haarklein steht, wieviel Tonnen verwertbares Metall die Titanic hatte. Es handelt sich nämlich um ein so armes Land, daß es sich nicht einmal den Luxus leisten kann, Zweifel zu haben.«

»Charly, wem gehört eigentlich diese Timor Metal?«

»Einen Moment. Laß mich mal sehen. Hier ist es. Der Hauptaktionär ist ein japanisches Konsortium für Meeresprodukte.«

Das alles stank ganz schön.

Die Japaner hatten eine Methode entdeckt, um illegal Wale zu fangen. Mit größter Wahrscheinlichkeit war die *Nishin Maru* unterwegs nach Madagaskar. Aber es war die *Nishin Maru II.* Das andere Schiff, getarnt mit dem von den Behörden in Timor ausgestellten Schrottschein, konnte mit der Unbescholtenheit eines Gespensterschiffes die südlichen Meere befahren.

Ich wollte auf der Stelle Arianne anrufen, aber offenbar funktionierte unsere Telepathie, denn im selben Augenblick klingelte das Telefon.

»Wie gut, daß du noch da bist. Der Rächer der Meere hat gerade angerufen und wird es wieder tun. Komm.«

SECHS

Arianne empfing mich mit einer Kanne Kaffee, die sie diskret beiseite stellte, als sie mein Gesicht sah, und mit einem Tonband.

»Ich habe das Telefon an das Gerät angeschlossen. Du kannst also genau zuhören und deine eigenen Schlußfolgerungen ziehen«, sagte sie, während sie eine Flasche Mineralwasser öffnete.

Ich ließ das Band laufen, das Gespräch war in Englisch, und ohne es zu merken – die Folgen einer hartnäkkigen Berufskrankheit – notierte ich, was ich hörte.

Nilssen: Hallo? Greenpeace? Hier spricht Jorge Nilssen aus Chile.

Arianne: Ich höre Sie. Was ist geschehen? Wir wissen, daß achtzehn Matrosen verschwunden sind.

Nilssen: Ich sehe, die Nachrichten kommen im Fluge. Wie haben Sie davon erfahren? Egal wie. Ja, achtzehn Besatzungsmitglieder sind verschwunden und die Nishin Maru wäre fast gekentert.

Arianne: Es ist furchtbar. Wie auch immer es geschehen konnte, Sie müssen wissen, daß das nicht unsere Methoden sind. Wir lehnen jede Form von Gewalt ab. Denken Sie nicht an die Folgen, die das für uns haben kann, wenn man uns damit in Verbindung bringt?

Nilssen: Sie können mir glauben, ich bin der erste, der das Schicksal der Besatzung bedauert. Ich bin auch ein Seemann, aber ich konnte nichts tun, um das zu verhindern. Wenn es einen Verantwortlichen für diese Tragödie gibt, dann ist es Kapitän Tanifuji. Machen Sie sich keine Sorgen. Was geschehen ist, wird man nie erfahren. Die Japaner werden den Überlebenden mit einigen tausend Dollar den Mund stopfen, und sollte jemand in Zukunft darüber reden, wird man ihn für geisteskrank erklären.

Arianne: Sagen Sie mir, was der *Nishin Maru* zugestoßen ist.

Nilssen: Sie würden es nicht glauben. Sie würden auch mich für verrückt halten. Was geschehen ist, kann man nur mit eigenen Augen sehen, für kurze Zeit noch, solange die Spuren der Tragödie noch sichtbar sind. Worte reichen nicht aus, um es zu erzählen. Kommen Sie oder einer Ihrer Kollegen. Ich werde ihm mit Vergnügen meine Meere zeigen.

Arianne: Herr Nilssen, wir sind daran interessiert, zu erfahren, was geschehen ist. Haben Sie eine andere Möglichkeit, sich mit uns in Verbindung zu setzen? Möchten Sie lieber mit einem Journalisten reden, der Spanisch spricht und über die Ereignisse auf dem laufenden ist?

Nilssen: Ich werde nichts Neues hinzufügen können. Aber, einverstanden. Ich rufe in drei Stunden wieder an. Bis dann.

Die Aufnahme war zu Ende. Nilssens Stimme ließ keine Rückschlüsse auf sein Alter zu. Aber sein Tonfall war ebenso sicher wie bekümmert.

»Was meinst du?« fragte Arianne.

»Ich möchte mit ihm reden. Ich bin sicher, er ruft wieder an.«

»Ich weiß nicht, was ich von all dem halten soll. Nach Auskunft unserer Zweigstelle in Tokio befindet sich die *Nishin Maru* in der Nähe von Madagaskar.«

»Ja, aber es ist nicht unsere *Nishin Maru*.«

Ich gab ihr alle meine Informationen, und wir kamen zu denselben Schlußfolgerungen.

»Auf diese Weise lassen sie ein neues Fabrikschiff vom Stapel, taufen es auf den Namen des alten, verkünden und beweisen, die Papiere in der Hand, daß das alte nicht mehr existiert, weil es in Timor verschrottet wurde, und die Kontrollinstanzen für den Walfang glauben, sie hätten es nur mit einer *Nishin Maru* zu tun, während das Schiff, das es nicht gibt, nach Belieben die Meere plündert. Wieviel Bestechungsgelder sie zahlen müssen, damit man sie in den Häfen, wo sie anlegen, nicht gesehen hat und nicht in die Bücher der Hafenbehörde einträgt! Wenn es uns gelingt, Beweise zu sammeln, decken wir den Skandal des Jahrhunderts auf. Schade, daß wir nicht mehr als einen Zeugen haben.«

»Zwei, Arianne. Wir haben zwei Zeugen.«

»Nilssen hat niemand erwähnt.«

»Aber ich schon: Sarita Díaz, die Korrespondentin, die uns das Telex geschickt hat. Sie hat die *Nishin Maru* gesehen.«

SIEBEN

Meine Erinnerung an Puerto Montt ist ziemlich ungenau. Es war immer der Ort, an dem ich aus dem Zug stieg, wenn ich meine Reisen in den Süden tatsächlich antreten wollte. Aber mir genügten diese Erinnerungsfetzen, um Sarita zu sehen, wie sie über die von Brandung und Wind gepeitschte Mole ging. In meinem Beruf wachsen einem unsichtbare Antennen, wie die Fühler einer Languste. Mit einmal begannen sie zu arbeiten, und ich spürte, daß Sarita in Gefahr war. Ich griff zum Telefon und wählte die lange Zahlenreihe, die mich mit Chile verband.

Während ich wartete, rechnete ich den Zeitunterschied aus. In Hamburg war es fast zwei Uhr morgens, des 17. Juni. In Chile würde es bald neun Uhr abends des Tages zuvor sein, und da die Leute in Puerto Montt für gewöhnlich zeitig schlafen gehen, würde ich Sarita vielleicht zu Hause antreffen.

Eine Frauenstimme gab Antwort, gleich darauf war an ihrer Stelle eine Männerstimme.

»Wer spricht da?«

»Ich bin ein Freund von Sarita und rufe aus Deutschland an. Kann ich sie sprechen?«

»Lassen Sie meine Tochter in Ruhe!« antwortete der Mann und legte auf.

Ich behielt das Telefon in der Hand und dachte, daß

die Ereignisse eine Wendung bekamen, die mir immer weniger gefiel. Ich dachte an Sarita, als sie in Hamburg auf der Durchreise war.

»Also ihr nehmt mich als Korrespondentin?«

»Wir können dich nicht bezahlen. Jedenfalls nicht im Augenblick.«

»Das macht nichts. Das einzige, worum ich bitte, ist, daß ihr mich nicht allein laßt am Ende der Welt.«

Sarita war in Schwierigkeiten. Ich konnte nicht genau sagen, welcher Art sie waren, aber Leute, die es wagen, ein Schiff zu fahren, dessen Papiere aus einem Totenschein bestehen, sind nicht zimperlich.

Es fehlte mehr oder weniger eine Stunde bis zum Anruf von Nilssen. Ich rief meine Kollegen an, und wir verabredeten uns für fünf Uhr morgens im Büro. Die übrige Zeit verbrachte ich damit, über die Japaner nachzudenken.

ACHT

Die Japaner. Zuweilen ist es wirklich schwer, nicht in den schwarzen Brunnen der Intoleranz zu fallen, und wenn es einem doch passiert, beginnt man zu verallgemeinern und alle Einwohner eines Landes in denselben Sack zu stecken.

In Japan gibt es eine starke Umweltbewegung, und die japanischen Freunde machen ihre Arbeit, indem sie viele Male dabei ihr Leben aufs Spiel setzen, denn die Marodeure der Welt sind keine Anhänger des Dialogs oder rechtlicher Bedenken, es sei denn, sie akzeptieren beides, um bei einer gerichtlichen Klage mildernde Umstände zu bekommen.

Man muß darauf hinweisen, daß nicht nur die japanischen Marodeure das Spiel mit der doppelten Moral spielen, das für eine Welt bezeichnend ist, die von der Ethik des Marktes beherrscht wird. Japan ist eines der sieben reichsten Länder des Erdballs und ein wichtiger Partner, wenn es um die Interessen des Welthandels geht. Es ist von so grundlegender Wichtigkeit, daß es manchmal den Anschein hat, als sei es eine mit einem Kaperbrief ausgestattete Nation. Ein Beispiel: Alle Länder Europas, die Vereinigten Staaten, die Sowjetunion sowie die Mehrheit der afrikanischen Staaten verurteilen die Elefantenjagd und geben zu, daß die grauen afrikanischen Riesen vom Aussterben bedroht sind. Aber kein Land verurteilt Japan, den großen Initiator der Jagd, den größten Käufer von Elfenbein auf dem Erdball. Überflüssig darauf hinzuweisen, daß es den Markt kontrolliert und der Hauptlieferant von Elfenbein für Europa, die Vereinigten Staaten und die Sowjetunion ist. Und wozu braucht man Elfenbein? Sein ganzer Nutzen besteht darin, daß man einige wenige Luxusartikel daraus herstellen kann. Mit Bestimmtheit können wir behaupten, daß die Begabung einer Paloma O'Sea oder eines Claudio Arrau nicht darunter leiden würde, wenn sie sich an ein Klavier setzen müßten, dessen Tasten nicht aus Elfenbein sind; sie werden auch weiterhin Mozart oder Scarlatti hervorragend interpretieren, ohne daß dafür Tiere von sechs oder acht Tonnen ausgerottet werden müßten, von denen man dann lumpige vierzig Kilo Elfenbein erhält.

Die Zerstörung der Umwelt jedoch, der tägliche Mord des Erdballs, beschränkt sich nicht nur auf das Abschlachten der Wale und Elefanten. Eine irrationale Sicht der Wissenschaft und des Fortschritts hat sich darauf eingelassen, die Verbrechen zu rechtfertigen, und zuweilen scheint es, als sei die Dummheit das einzige Erbe der Menschheit. Kehren wir zurück zu den Walen. Zu welchem Zweck werden sie umgebracht? Um die gastronomische Langeweile einer Handvoll reicher, aber charakterloser Idioten zu vertreiben? Einst waren die Wale wichtig für die Kosmetikindustrie, aber das gehört der Vergangenheit an. Mit derselben Menge Geld, die man investiert, um einen Liter Walöl zu bekommen, erzielte man, würde man mit der Summe die Pflanzenölproduktion in einem armen Land fördern, zwanzig Liter eines vergleichbaren Öls. Bedenkt man, daß noch immer einem angeblichen Modernismus das Wort in den europäischen Zeitungen geredet wird, um die Maßnahmen zum Schutz der Natur zu disqualifizieren und als »Ökolatrie« zu verhöhnen, glaubt man die Stimme jenes Dummkopfs zu hören, der sein Haus anzündet, um sich am Begriff einer neuen Ethik zu wärmen. »Ich verachte, was ich nicht kenne« ist die Losung dieser seltsamen Philosophen der Zerstörung.

NEUN

Jorge Nilssens Anruf kam pünktlich.

»Nein. Ich kann Ihnen am Telefon nicht sagen, was geschehen ist. Wenn Sie wirklich an den Tatsachen interessiert sind, dann kommen Sie her. Ich lade Sie ein, über meine Meere zu fahren. Mein Schiff, die *Finisterre*, steht Ihnen zur Verfügung.«

»Das ist eine zu weite Reise. Sie befinden sich auf der anderen Seite der Welt. Geben Sie mir Ihre Nummer, und ich rufe zurück. Dann brauchen Sie sich nicht um die Telefongebühren zu kümmern und wir können ohne Zeitdruck reden.«

»Ich rufe Sie aus einer kleinen Telefonzentrale an, und wir haben Glück, daß wir verbunden sind. Wenn ich mich nicht täusche, sind Sie Chilene.«

»Ja. Ich bin dort geboren.«

»Machen Sie sich deshalb keine Sorgen. Es gibt schlimmere Dinge im Leben. Kommen Sie, ja oder nein?«

»Hören Sie, Señor Nilssen. Ich gebe Ihnen die Telefonnummer einer Journalistin in Puerto Montt...«

»Sara Díaz.«

»Sie kennen sie?«

»Nein. Und ich fürchte, daß ich derjenige sein muß, Ihnen die schlechte Nachricht zu überbringen. Heute morgen habe ich vom Anschlag auf eine Journalistin gehört. Man hat sie mit einem Auto angefahren, als sie aus einem Fotolabor kam. Dabei ist ihr etwas gestohlen worden, ich weiß nicht was, aber ich nehme an, es ist dasselbe Mädchen, das ich vorgestern abend gesehen habe, als es die *Nishin Maru* auf der Marinewerft fotografierte. Armes Kind. Sie liegt mit mehreren Knochenbrüchen im Krankenhaus. Kommen Sie?«

Ich spürte geradezu, wie der Topf überlief und der Gestank ungeachtet der Entfernung alles einhüllte. Sarita zahlte den Preis für die Information, und also konnten wir sie nicht im Stich lassen.

»Ja. Ich fahre, sobald ich kann. Wie kann ich mit Ihnen in Kontakt treten?«

»Immer mit der Ruhe. Machen Sie sich keine Sorgen um das Mädchen. Ich werde mich darum kümmern, sie an einen sicheren Ort zu bringen. Ich erwarte Sie zwischen dem 19. und 23. Juni. Fliegen Sie bis Santiago, dort finden Sie ein Ticket auf Ihren Namen, das bringt Sie bis Puerto Montt, dann fahren Sie weiter bis zur Bucht von San Rafael vor der Insel Calbuco und suchen die *Pájaro loco*, das ist ein kleiner Lastkahn. Dort werde ich auf Sie warten.«

Alles andere nahm kaum Zeit in Anspruch. Meine Kollegen waren mit der sofortigen Reise einverstanden, Greenpeace interessierte sich offiziell, die Geschehnisse zu untersuchen, und am nächsten Tag war ich im Besitz eines Flugscheins.

Am Flughafen wünschte sich mein ältester Sohn eine große Muschel, »um Dein Meer zu hören«, und Arianne überreichte mir ein Abzeichen der Organisation. Es zeigte die Fluke eines Wals, der ins Wasser taucht.

»Willkommen beim Regenbogen und viel Glück.«

Eine Hand tippt mir freundlich auf die Schulter. Es ist die Stewardeß, die mich fragt, ob ich auch Kopfhörer möchte.

»Kopfhörer?«

»Für den Film.«

»Welchen Film? Entschuldigen Sie, ich schlafe schon.«

»*Piraten* von Roman Polanski«, erklärt sie mir mit ihrem schönsten Lächeln.

Ja, ich komme. Dir zu begegnen, Welt am Ende der Welt. Und ich weiß nicht, was mich erwartet.

DRITTER TEIL

EINS

Als es Nacht wurde, am Dienstag, dem 21. Juni, setzte mich ein Flugzeug der Linea Aréa Nacional in Puerto Montt ab. In den Knochen spürte ich die Müdigkeit von mehr als dreißig Stunden Flug. Hamburg-London-New York-Bogotá-Quito-Lima-Santiago.

Während des Fluges dachte ich lange Zeit über diese Rückreise nach Chile nach, die ich immer hinausgeschoben hatte, aus Furcht, ein Land vorzufinden, das jenes andere verraten würde, das ich in Erinnerung hatte. Das edle und schöne Land der ersten Liebe, die unvergeßliche Erde der Kindheit.

Ich gehöre zu den vielen, die das Gefängnis kennengelernt haben und vor dem Grauen geflüchtet sind, um im Niemandsland des Exils Kräfte zu sammeln, aber mit der Ohrfeige einer unbekannten Wirklichkeit hat uns die Welt empfangen.

Die kreolische Militärbarbarei unterschied sich nicht von anderen uniformierten Barbareien, und langsam entdeckten wir den Egoismus unserer kleinen Träume. Wir hatten uns selbst eingeredet, die Feinde der Gerechtigkeit besiegen zu können, wenn wir sie auf ein Gebiet lockten, das wir zu beherrschen glaubten, aber im Grunde, und aus Bequemlichkeit, haben wir zugelassen, daß sie weiterhin die Spielregeln bestimmten.

Am Ende einer langen, unruhigen und schmerzhaften Zeit ließ uns das in eine Art Studienaufenthalt verwandelte Exil begreifen, daß der Kampf gegen die Feinde der Menschheit auf dem ganzen Erdball geführt wird. Er braucht weder Helden noch Verkünder und beginnt bei der Verteidigung des grundlegendsten aller Rechte: dem Recht auf Leben.

Santiago de Chile. Ich war glücklich in Hamburg, aber immer dachte ich an das Wiedersehen mit Santiago. Ich dachte an diese Stadt wie an eine Braut, und ich fürchtete, sie in ein altes schwaches Weiblein verwandelt vorzufinden, das den Lauf der Zeit zu leugnen versucht.

Ich fand keine Zeit, um festzustellen, in welchem Zustand sich meine Braut befand, denn das Ticket, das Jorge Nilssen bestellt hatte, verschaffte mir kaum eine Pause von einer halben Stunde, bevor ich den Flug nach Süden fortsetzte. So gewahrte ich nur den müden Rükken ihrer Berge, diesen »Symbolen des Winters«, die Silvio Rodríguez besingt, und den Smog-Schleier, der sie wie eine Witwe einhüllt.

Ich kam mit dem Winter nach Puerto Montt. Als ich das Flugzeug verließ, bekam ich den eisigen Gruß des Pazifiks zu spüren. Die Temperatur lag einige armselige Grade über Null, und der Wind biß einem ins Gesicht. Am ganzen Körper eine Gänsehaut und auf die Versuchung verzichtend, auf der Stelle etwas von Sarita zu erfahren, stieg ich in das Landrover-Taxi, das mich nach San Rafael brachte.

In der Bucht lag etwa ein Dutzend Lastkähne, so daß ich nicht allzulange suchen mußte, um die *Pájaro loco* zu finden. An Deck rauchte ein Mann, und als er mich sah, sprang er an Land. Ich wußte sofort, daß er Jorge Nilssen war.

Eine ziemlich lange, graue Mähne machte es schwierig, sein Alter zu schätzen. Die wenigen Meter, die uns trennten, nahm er in einer Art Pelikangang, der typisch ist für Matrosen mit vielen tausend Meilen auf dem Bukkel, Seemänner, wie man sie auch in einigen europäischen Häfen sehen kann und die auf Schiffen unter armer Flagge wie Pánama oder Liberia anheuern. Es gibt nur noch wenige Exemplare dieser Seefahrer, die einem Roman zu entstammen scheinen. Die heutigen Besatzungen bestehen aus Offizieren, die Computerexperten sind, und aus jungen Matrosen, für die das Meer nichts weiter als ein vorübergehender Zustand ist. Die Bezahlung ist nicht die beste, und die Modernisierung der Häfen hat den Erwartungen, ein wenig mehr von der Welt zu sehen, ein Ende gemacht. Die Männer haben dem Lockruf der Ozeane den Rücken gekehrt.

Als wir uns gegenüberstanden, blieb er breitbeinig vor mir stehen und streckte mir die Hand entgegen.

»Kapitän Jorge Nilssen. Wie war die Reise?«

»Darüber können wir später reden. Was wissen Sie von Sarita?«

»Keine Aufregung. Es war nicht so schlimm, wie ich dachte. Ein Bein und zwei Rippen sind gebrochen, aber sie wird sich erholen. Im Moment sieht sie ihrer Genesung an einem sicheren Ort entgegen. Sie weiß von Ihrer Reise, und Sie werden sie bald sehen können, aber nicht sofort. Wir werden warten, bis die Wogen sich ein wenig gelegt haben. Kommen Sie mit. Ich habe Ihnen ein Zimmer bestellt in einer zuverlässigen Pension.«

Wir gingen schweigend nebeneinander her. Es war diese Art zu schweigen, welche die beste Form der Mitteilung ist.

Was machen zwei Hunde, wenn sie sich kennenlernen? Sie sagen kein einziges Wort, sie bellen nicht, sie knurren nicht. Sie beschnuppern sich einfach am Hinterteil und entscheiden dann, ob sie dem anderen vertrauen können oder nicht. Nichts anderes taten Nilssen und ich, und als wir bei der Pension waren, wußten wir, daß wir einander vertrauen konnten.

Ich war erschöpft, aber ich wollte mir ein Essen mit den besten Meeresfrüchten der Welt nicht entgehen lassen. Der frische Apfelmost und der Wein vom Faß, rauh und herb wie diese Landschaft, brachten die Versöhnung mit meinem Körper zustande. Nach dem Essen lud der Duft des brennenden Holzes im Ofen zum vertrauten Gespräch ein.

»Schon lange draußen in der Welt?« fragte Nilssen.

»Seit fünfundsiebzig. Soll ich Kapitän zu Ihnen sagen?« fragte ich, weil er sich so vorgestellt hatte.

»Das ist die Macht der Gewohnheit. Die Leute auf der Insel nennen mich Kapitän, und ich kann Ihnen versichern, daß ich es nicht ungern höre. Es sei denn, sie würden mich ›mein Kapitän‹ nennen, da würde der Wind aus einer anderen Richtung blasen. Sie können mich nennen, wie Sie lustig sind.«

»Was ist mit der *Nishin Maru* passiert?«

»Haben Sie Geduld. Sie werden alles erfahren. Sie werden alles sehen. Es gibt bestimmte Dinge, die man nicht erzählen kann. Die Sprache reicht nicht aus, will man das Meer beschreiben.«

»Dann sagen Sie mir wenigstens, wer Sie sind.«

»Ein Bastard des Meeres.«

»Das genügt mir nicht, Kapitän. Meine Reise ist ein Beweis für absolutes Vertrauen in Sie, ich bin in Ihren Händen, und den Leuten von Greenpeace und auch mir ist es lieber, unsere Gesprächspartner zu kennen.«

»Sie verlangen etwas sehr Schwieriges von mir. Ich bin ein wortkarger Mensch und habe nie darüber nachgedacht, wie ich in ein paar Sätzen meine Biografie erzählen könnte. Wissen Sie nicht, daß wir alten Leute voller Vergeßlichkeit sind?«

»Und ich bin voller Neugier, Kapitän. Ich habe nicht zwanzigtausend Kilometer hinter mich gebracht, um mit einem Unbekannten zu Abend zu essen.«

»Einverstanden. Wenn Sie darauf bestehen... Aber ich warne Sie; es ist das erste Mal, daß ich von mir selbst rede. Kommen Sie näher ans Feuer. Haben Sie schon einmal einen Orujo von der edlen Sorte, aus gebrannten Trauben, probiert? Sie lassen ihn im Faß mit einer Kuhhaut gären. Ich gehe und hole uns ein paar Gläser.«

ZWEI

Sein eigentlicher Name war Jörg Nilssen. So wie sein Großvater und sein Vater hieß, ein dänischer Abenteurer, der sich um 1910 in die magellanischen Gewässer vorwagte, ohne eine andere Gesellschaft als eine Katze, und in der Hoffnung, eine Wasserstraße nordwestlich der Insel Desolación zu entdecken. Einen Durchgang, der es ermöglichte, den offenen Pazifik nach Durchquerung der Meerenge zu erreichen, und der den Seeleuten die gefährliche Strecke bis Puerto Misericordia ersparte. Der alte Nilssen fand die ersehnte Durchfahrt nicht, aber dafür eine Reihe anderer weiter nördlich, und so bereicherte er die Seekarten des Südens. Es war das Unglück des alten Nilssen, keiner Flotte oder keinem anerkannten Expeditionskorps anzugehören, so daß ihm seine Entdeckungen stets gestohlen wurden und sein Name mit keiner verbunden ist.

»Chiles Lohn« nennen die Chilenen diese Art von Dankbarkeit und Anerkennung. Aber der alte Nilssen blieb nicht nur anonym, er fand auch die Liebe einer Inselbewohnerin, die viele kurze Sommer und lange patagonische Winter hindurch seine Begleiterin war, bis die unvermeidliche Umarmung des Todes ihm die Frau nahm. Da blieb er allein zurück mit dem Kind, das auf dem Meer geboren und von den Wellen geschaukelt worden war. Um eine Seefahrerlinie fortzusetzen, die ein

Jahrhundert zuvor in den kalten Wassern des Kattegat begonnen hatte, nannte er das Kind Jörg, bis ein chilenischer Bürokrat, der Schwierigkeiten mit der Aussprache hatte, ihn zu Jorge hispanisierte.

»Sie werden sich fragen, warum ich den Namen meiner Mutter nicht erwähne. Ganz einfach: sie hatte keinen. Meine Mutter war eine Ona, eine der letzten Überlebenden jenes Stammes von Riesen, die lange vor der Ankunft Magellans Tausende Male die Meerenge durchquerten, mit Booten aus Seehundsfell und Segel aus dünner Baumrinde. Mein Vater nannte sie ›Frau‹, und ich kam nie dazu, ihr einen anderen Namen zu geben, denn sie starb wenige Monate nach meiner Geburt, um 1920. Er brachte es noch auf weitere zwanzig Jahre, und dem Andenken seiner Gefährtin treu, nahm er sich weder eine andere Frau, noch gab er die Seefahrt durch die Kanäle auf.

Das wenige, was ich von ihr weiß, hat er mir in langen Winternächten erzählt, im Schutz der Fjorde, die in das Festland hineinreichen. Meine Mutter hatte Angst, von Bord zu gehen. Sobald sie sich einem Hafen oder einer Anlegestelle näherten, schloß sie sich unter dem Deck des Kutters ein und zitterte und wimmerte wie ein verwundetes Tier. Und sie hatte ihre guten Gründe dafür: sie war eine Ona, und genauso wie die Yaganes, Patagones und Alacalufes wurde sie von den englischen, schottischen, russischen, deutschen und kreolischen Viehhändlern gejagt, die sich in Patagonien und Feuerland niederließen. Meine Mutter war Opfer und Zeuge eines der großen Völkermorde der neueren Geschichte. Viehzüchter, die heute in Santiago und Buenos Aires als Vorkämpfer für den Fortschritt verehrt werden, betrieben die Jagd auf Indios, anfangs zahlten sie Silberunzen für jedes Paar Ohren, später für Hoden und Brüste, und zuletzt für jeden Kopf eines Yagán, Ona, Patagón oder Alacalufe, den man ihnen auf die Hazienda brachte.

Um dem Massaker zu entfliehen, wurden viele Indios zu Nomaden des Meeres, aber auch auf ihren Schiffen waren sie nicht in Sicherheit. Die Jagd auf den Indio wurde zu einem Sport für die Viehhändler, und so tauchten die ersten Dampfschiffe in den Kanälen auf. Es reichte ihnen nicht, die Indios vom Festland vertrieben zu haben. Mit dem Abbrennen von Abermillionen Hektar Wald hatten sie sie bereits zum Aussterben verurteilt, aber das reichte ihnen noch nicht. Sie mußten sie alle vernichten, einen nach dem andern. Haben Sie einmal vom Eistaubenschießen gehört? Das war der Sport der Viehzüchter, der Mac Iver, der Olavarría, der Beauchef, der Brautigam, der Von Flack, der Spencer, und er bestand darin, eine ganze Indio-Familie auf einer treibenden Eisscholle abzusetzen, auf einem Eisberg. Dann wurde geschossen, erst auf die Beine, dann auf die Arme, und es wurden Wetten abgeschlossen, wer von denen als letzter ertrinken oder erfrieren würde.

Beim Tod meines Vaters war ich ein Mann, der sich an die Einsamkeit gewöhnt hatte und der der Welt mißtraute.

Mein Vater war ein guter Mann. Wir verständigten uns zu Hause in einem dänischen Dialekt des Kattegat. Ich lernte lesen und schreiben mit dem ersten Buch, das mir in die Hände kam. Es war das Logbuch der *Fiona*, des Seglers, der ihn aus Skandinavien hergebracht hatte. Später zwangen uns die chilenischen Seefahrtsbehörden, unter der Nationalflagge zu fahren, und um das

Logbuch der *Paso del Ona* zu führen, mußte ich Spanisch lernen.

Die *Paso del Ona* war ein Kutter mit flachem Kiel, den mein Vater gekauft, nachdem ein Sturm die *Fiona* auf den Klippen von Punta Diego hatte zerschellen lassen. Auf der *Paso del Ona* wurde ich geboren, und bis heute ist sie mir das, was der Vorstellung von Heimat am nächsten kommt. Aber dieses Schiff gibt es nicht mehr. Als mein Vater starb, tat ich, was ich tun mußte: ich achtete seine Gewohnheiten und seinen Glauben, ich band seinen Leichnam ans Steuer und versenkte das Schiff in die tiefen Wasser des Golf von Penas. Vielleicht hat er in der Tiefe des Meeres seine ›Frau‹ wiedergefunden. Wer weiß...

Mir blieb jetzt nur noch die Gesellschaft einer alten Frau, die ich an der Westküste der Insel Van der Meule, an der Einfahrt des Messier-Kanals, besuchte. Sie konnte weder Spanisch noch Dänisch, sie sprach überhaupt keine Sprache. Sie konnte ihre Liedchen nur in Ona trällern, wenn sie meine Anwesenheit vergaß, und sobald sie merkte, daß ich vor ihr stand, schwieg sie. So verbrachten wir ganze Tage. Auch sie hatte keinen Namen.

In jener Zeit, ich rede von 1942, lebte ich in einer Hütte, die mein Vater gebaut hatte und die noch immer den Stürmen an der Nordostküste der Insel Serrano trotzt, die von der Van der Meule durch die anderthalb Meilen des Messier-Kanals getrennt ist. Ich war kein Schiffbrüchiger, aber ich war allein. Ich war der einzige Bewohner der Insel Serrano, und ich lüge nicht, wenn ich sage, daß ich lieber mit den Delphinen sprach als mit der alten Ona von gegenüber. Die Delphine gaben mir wenigstens Antwort, während die arme Großmutter ihre Worte in einem Nebel von Angst verbarg, der dichter war als der Nebel von Feuerland. Doch immer, wenn das Wetter es zuließ, überquerte ich den Kanal in einem kleinen Segelboot, Einbaum und Klüver, weiter nichts, um sie zu sehen und bei ihr zu sein.

Eines Tages traf ich sie nicht an. Die Asche ihrer Feuerstelle war noch fahl, und in der Nähe entdeckte ich Spuren von Wolfsjägern. Sie war fortgegangen und hatte ihre Jahre und ihre Ängste mitgeschleppt. Ich wußte, daß ich sie niemals wiedersehen würde und daß mich nichts mehr mit diesen Fahrten verband.

Viele Jahre später erfuhr ich von ihrem Tod und daß sie die letzte Ona gewesen war. Das Ende eines Seefahrergeschlechts auf den feindlichsten Meeren der Welt. Ich erinnere mich, von ihrem Tod in einer Zeitung von Punta Arenas gelesen zu haben. Französische Forscher hatten sie gefunden, als sie vor der Insel Desolación, an der Mündung der Magellanstraße in den Pazifik, mit dem Strom trieb. Die Ruder ihres kleinen Bootes, das auf wundersame Weise den Wellen widerstand, ohne zu kentern, waren entzweigegangen. Die Franzosen holten sie an Bord ihres Schiffes, untersuchten sie, schätzten sie auf etwa neunzig Jahre und erklärten sie für verrückt, denn immer wenn man sie aus den Augen ließ, versuchte sie, über Bord zu springen und wieder in ihr kleines Boot zu steigen. Um sie zu beruhigen, spritzten sie ihr ein Mittel, und das war ihr Ende. Sie war nicht verrückt. Die Götter der Ona leben im Meer, und sie hatte sie gesucht bis zur Ankunft der Eindringlinge.

Schließlich kam ich nach Punta Arenas und heuerte auf der *Magallanes* an, wechselte dann zur *Tomé*, zur *San*

Estéban, alles Schiffe, die Holz, Fleisch und Getreide für das kriegführende Europa geladen hatten. Jahre später, in Santander, änderte ich den Kurs und fuhr lieber durch die Karibik, bis der Indische Ozean und der Südpazifik mich lockten. Mururoa, Neuseeland, Australien, Japan, ich wechselte von Schiff zu Schiff, bis mir um 1980 mit einmal der Horizont enger wurde. Kein Reeder, nicht einmal ein Liberianer, wollte mich als Matrose noch unter Vertrag nehmen. Ich war sechzig, mit einem Körper, den die hohe See völlig ausgelaugt hatte. Was tun? Nie habe ich mich als Chilene gefühlt, aber die Maori, auch ein Seefahrervolk, sagen, daß jedes Meerestier in die Bucht seines Ursprungs zurückkehrt. Vielleicht ist es wirklich so, denn bevor ich sechzig Jahre alt wurde, hatte ich einen Traum, der immer wiederkam: Ich sah mich auf den Kanälen des Südens der Welt segeln, und Sie merken, daß ich nicht Chile sage. Sie können in den Beagle-Kanal fahren und die Seehunde, Kormorane und Pinguine auf den Inseln Pincton, Lenox und Nueva fragen, ob sie sich für Chilenen oder für Argentinier halten. Die Souveränität ist ein Taschentuch, dazu da, damit sich die Muschkoten die Spucke vom Mund wischen können.

Ich begriff, daß diese Träume eine Art Ruf waren, und so kehrte ich zurück. Mit den Ersparnissen von vierzig Jahren Leben an Bord, die auf einer Bank in Panamá lagen, hatte ich mehr als genug, meine alten Tage in irgendeinem Seemannsheim zu verbringen, aber der Süden zog mit Macht an der Leine, und ich kehrte zurück.

Ende 1981 fand ich in Puerto Ibañez einen Kutter von altertümlicher Bauart, der einst der Hochseeschiffahrt gedient hatte, und so kaufte ich die *Finisterre* samt Schiffsjungen. Tatsächlich ein Riesenkerl, eine Seele von Mensch, der keine andere Heimat hatte als dieses Schiff. Man nannte ihn Klein Pedro, um ihn von seinem Vater zu unterscheiden, dem anderen Pedro, der größer war als zwei Meter.

Mit Klein Pedro habe ich mich vom ersten Augenblick an verstanden, wir machten den Kahn flott und stachen in See Richtung Süden.

Auf der Insel Serrano fanden wir die Hütte fast genauso vor, wie ich sie vierzig Jahre zuvor verlassen hatte. Die Insel ist unbewohnt. Das außerordentlich feindliche und rauhe Klima schreckt die Leute ab, und zuweilen denke ich, diese Tausende von Inseln, Inselchen und Felsen sind der Schöpfung der Welt am nächsten. Mir schien es der beste Ort zu sein, um die Zeit hinzubringen, die mir noch bleibt. Mit eigenem Hafen. Und so fuhr ich mit Klein Pedro jahrelang übers Meer, ohne daß wir irgend jemandem begegneten. Wir führten ein Leben, das von den klugen Launen des Meeres bestimmt war, ganz und gar im Einklang mit dem, was es uns anbot. Ich weiß nicht, wie Sie das Meer empfinden, aber ich, und ich denke, Klein Pedro sieht es genauso, betrachte das Meer als ein unendliches und mächtiges Wesen, das trotz seiner zerstörerischen Kraft die schwächlichen und anmaßenden Unternehmungen des Menschen mit Großmut erträgt. Das Meer ist ein Ort gewalttätigen Friedens, und mit einmal spürten wir das Herankommen einer Bedrohung.

Zuerst stellten wir fest, daß die Delphine sich zu ganz ungewöhnlichen Zeiten davonmachten. Dann hörten die einfältigen Wale auf, vor der Steilküste der Insel Van der Meule herumzutoben. Der Golf von Penas, wo sich in jedem Frühjahr die Pilotwale paarten, zeigte sich so still wie die Ruhe vor einer Wasserhose. Der ökologische Schaden, den die Japaner und ihre Helfershelfer vom chilenischen Militär im Norden von Reloncavi angerichtet hatten, war uns nicht fremd. Wir wußten, daß die massenhafte Abholzung der Berghänge an den Küsten wahrscheinlich für immer das Schauspiel der Lachse beendet hat, die zum Laichen die Flüsse hinaufschwimmen. Der Kahlschlag des Urwalds, der Bäume, die so alt sind wie der amerikanische Mensch, und sogar der Sträucher, die nicht einmal Schatten spenden, haben aus jenen Regionen, die immer grün waren, einen bedauernswerten Landstrich auf dem Weg zur Wüste gemacht, und mit dem Kahlschlag verschwanden Tausende unterschiedlicher Insekten und kleiner Tiere, die das Leben der Flüsse ermöglichten, aber das alles dachten wir, geschähe viel weiter weg im Norden, und mehr als tausend Kilometer würden uns von dieser Katastrophe trennen. Doch was zum Teufel ist in unserem Meer los? fragten wir uns, und an einem Sommermorgen im Jahre 1984 bekamen wir die Antwort.

Was wir sahen, ließ uns erstarren. Wissen Sie was die *Caleuche* ist? Das Gespensterschiff. Mit anderem Namen der *Fliegende Holländer*. Der leibhaftige *Caleuche* hätte uns nicht so beeindruckt wie das, was wir vor dem Golf von Trinidad, im Süden der Insel Mornington zu Gesicht bekamen.

Wir sahen ein Fabrikschiff von mehr als hundert Metern Länge, zahlreichen Decks, es stand, aber die Maschinen liefen auf vollen Touren. Wir näherten uns, bis wir die japanische Flagge am Heck erkannten. Auf einer

Viertelmeile bekamen wir einen Warnschuß und Befehl, uns zu entfernen. Doch konnten wir noch sehen, was dieses Schiff tat.

Mit einer Rohrleitung von etwa zwei Metern Durchmesser saugte es das Meer ab. Sie holten alles heraus und verursachten damit eine Strömung, die wir unterm Kiel spürten, und wo das Saugrohr endete, blieb das Wasser als eine dunkle tote Brühe zurück. Sie holten alles heraus, ohne sich damit aufzuhalten, einen Gedanken an geschützte oder für den Fang verbotene Arten zu verschwenden. Uns stockte fast der Atem vor Grauen, als wir sahen, wie mehrere Delphinjunge angesaugt wurden und verschwanden.

Das Schrecklichste von allem war die Entdeckung, daß sie am Heck ein Abflußrohr hatten, durch das die unverwertbaren Reste dieser Schlächterei wieder ins Wasser geleitet wurden.

Sie arbeiteten schnell. Diese Fabrikschiffe sind eine der größten Ungeheuerlichkeiten, die der Mensch ersonnen hat. Sie fahren ja nicht den Fischschwärmen hinterher. Der Fischfang ist nicht ihre Sache. Sie jagen dem tierischen Fett oder Öl nach für die Industrie der wohlhabenden Länder, und um ihre Ziele zu erreichen, zögern sie nicht, die Ozeane zu ermorden.

Im Verlauf desselben Jahres, als wir über das offene Meer in der Umgebung des Falschen Kap Horns fuhren, sahen wir andere, ähnliche Schiffe. Unter nordamerikanischer, japanischer, russischer, spanischer Flagge, und alle taten sie genau dasselbe.

In jenem Jahr hatten wir einen schlechten Winter. Ich war verzweifelt und wütend und dachte sogar daran, die *Finisterre* mit Sprengstoff zu beladen und mich mit voller Kraft auf das nächste Saugschiff zu stürzen. Wir verbrachten einen elenden Winter.

Unter dem staunenden Blick von Klein Pedro drehte ich am Kurzwellenradio auf der Suche nach einem Rat. Sie wissen gar nicht, wie sehr wir Seeleute das Radio lieben. Es ist wie die Stimme Gottes, wenn sie sich manchmal an uns erinnert. Als meine Hoffnungen schon auf Null waren, fand ich endlich eine aufmunternde Nachricht: Radio Nederland berichtete von einer Aktion von Greenpeace im Mittelmeer. Dort hatte man den Gebrauch der *barra filipina* verhindern können, einer anderen schamlosen Art, den Meeresgrund zu morden, wie sie von den Korallensuchern verwendet wird. Ich erinnere mich, wie ich aufsprang und Klein Pedro umarmte. Wir sind nicht allein, Pedro! Wir sind nicht allein, Pedro! Wir sind nicht die einzigen, die das Meer retten wollen! Und dann erlebte ich eine der größten Überraschungen meines Lebens. Klein Pedro, ein wortkarger Mensch, sagte mir, mit einer bis dahin unbekannten Ernsthaftigkeit:

›Chef, ich will Ihnen ein Geheimnis anvertrauen. Ich werde einen Schwur brechen. Sie wissen, daß ich ein Alacalufe bin und daß uns ein Schwur auf den Steinen der Feuerstelle heilig ist. Chef, ich weiß, wo sich die Calderón-Wale verstecken.‹

Und dann machte er mich zum Mitwisser seines Geheimnisses.

Deshalb sind wir, als wir die *Nishin Maru* im Golf von Corcovado gesehen haben, zur Großen Insel von Chiloé gefahren, um uns mit den Greenpeaceleuten in Verbindung zu setzen. Schade, daß sie so weit weg sind. Aber die Schlacht gegen die Japaner haben wir gewonnen mit keiner anderen Hilfe als dem Meer. Liebe und Haß. Leben und Tod. Geheimnis und Offenbarung. Alles gleichzeitig und ewig. Das ist das Meer ...«

Ein langes Schweigen folgte den Worten des Seemanns. Das erlöschende Feuer schien es zu verlängern und verleitete dazu, still dazusitzen.

»Ich weiß nicht, was ich sagen soll. Ich weiß nicht, wo anfangen.«

»Lassen Sie uns Gute Nacht sagen. Auch ich bin müde.«

»Einverstanden. Gute Nacht, Kapitän Nilssen.«

DREI

Am nächsten Tag holte mich Kapitän Nilssen beim ersten Morgengrauen aus dem Bett. Im Eßzimmer erwartete uns eine große Kanne Kaffee und frischgebackenes Brot. Er erriet meine Gedanken und beeilte sich, mir von Sarita zu berichten.

»Sie macht Fortschritte. Natürlich hat sie Schmerzen, wie es zu einem Bruch gehört, aber sie ist ein tapferes Mädchen. Wie Sie wissen, ist das hier eine Gegend der Hexer und Zauberer, und die haben ihr von Ihrer Ankunft berichtet. Sie schickt Ihnen Grüße von dem Ort, wo sie sich erholt, und diesen Brief hier.«

Auf einer mit wackeligen Buchstaben beschriebenen Seite sprach Sarita davon, wie sie beschlossen hatte, nachdem sie die *Nishin Maru* auf der Marinewerft gesehen hatte, sie zu fotografieren, aber offenbar hatte sie nicht die nötigen Vorsichtsmaßnahmen dazu getroffen. Die Filmrolle brachte sie in das Fotolabor eines Freundes, und als sie mit den Fotos wieder herauskam, wurde sie von zwei Unbekannten mit einem Auto angefahren. Sie hatte kaum ihre Gesichter sehen können, war sich aber sicher, daß es Chilenen waren. Sie entwendeten das Material und ließen sie auf der Straße liegen. Sarita dankte mir, daß ich dafür gesorgt hatte, sie an einen sicheren Ort zu bringen, denn im Krankenhaus hatten sie ihr mit dem Tod gedroht, wenn sie den Mund aufmachen würde. Sie wußte nicht, daß alle Sorge ein Werk von Nilssen war, und ich zog es vor, in dieser Hinsicht keine Fragen zu stellen. Nilssen hatte mein Vertrauen, und jemandem zu vertrauen, ist eines der besten Gefühle, die man haben kann.

»Was machen wir jetzt, Kapitän?«

»Wir fahren mit der *Pájaro loco* nach Norden, damit Sie die *Nishin Maru* sehen können, und dann nach Süden, um auf die *Finisterre* zu kommen.«

Die *Pájaro loco* war ein Kahn mit flachem Kiel und in der Lage, angetrieben von zwei starken Dieselmotoren, über das Wasser zu fliegen. Es war ein richtiges »Schmugglerschiff«, wie es die Schmuggler der südlichen Meere benutzen. Zur Besatzung gehörten Don Checho, der mit den Worten geizte, und ein Schiffsjunge, den man El Socio nannte und der mir später, als wir mit vierzig Knoten bei meterhohen Wellen Fahrt machten, Unterricht in der hohen Kunst des Kochens erteilte.

Wir stachen mit Kurs Nordost in See, umfuhren die Insel Calbuco und erreichten nach einer halben Stunde Fahrt die Bucht von Reloncavi. Am nördlichen Horizont zeichnete sich Puerto Montt ab. Eine leichte Drehung des Steuers brachte uns in die unmittelbare Nähe der Marinewerft, bevor wir vor der Militärwerft kreuzten.

Ja. Es war die *Nishin Maru*. Ich verglich sie mit einem Foto, das ich bei mir hatte. Es war dieselbe *Nishin Maru*, die Greenpeace im Hafen von Yokohama blockiert hatte. Die Backbordseite war ziemlich ramponiert und sah aus, als hätte sie zahlreiche Zusammenstöße aushalten müssen. Eine ganze Schar von Arbeitern war mit den Reparaturen beschäftigt.

»Gegen welchen Teufel ist die denn geprallt?«

»Gegen das Meer. Wie Sie sehen können, befindet sie sich in einer beträchtlichen Entfernung von den Mauritius-Inseln.«

»Dieses Schiff, ja. Aber die *Nishin Maru II* befindet sich in der Tat auf diesem Kurs.« Und ich erzählte Kapitän Nilssen alles, was wir von den gefälschten Schrottpapieren erfahren haben, die eine ungesetzliche Schifffahrt möglich machen.

»Nicht schlecht. Da sage noch einer, es sei mit der Piraterie zu Ende. Schön. Sie haben es gesehen und wissen, daß es wahr ist. Jetzt müssen Sie noch das Beste sehen. Kurs nach Süden, Don Checho, und volle Kraft voraus!«

Die *Pájaro loco* drehte sich um hundertachtzig Grad und begann, eine breite Schaumspur in die Wellen schneidend, ihre Fahrt nach Süden.

»Besser, wir gehen hinunter und leisten Socio Gesellschaft. Dieser Wind schneidet ins Gesicht, aber vorher möchte ich, daß Sie sich etwas Interessantes ansehen. Wissen Sie, was das ist?«

Kapitän Nilssen wies auf einen orangegelben Berg, der sich neben dem Hafen erhob. Einige Lastwagen und Bulldozer bewegten sich an seinen Flanken nach oben. Auf dem Gipfel sah man mehrere Kräne.

»Ein Berg. Ich weiß, es klingt seltsam, aber ich erinnere mich an keinen Berg neben dem Hafen.«

»Das ist nicht seltsam. Es ist ein neuer Berg, und er ist nicht aus einer unterirdischen Eruption entstanden. Es ist ein Berg aus Holzspänen. Einer der vielen Berge aus Holzspänen, die seit fünf Jahren die südliche Küste Chiles schmücken. So enden die Wälder, Edelhölzer, Sträucher, alles endet als Holzspäne und wird nach Japan verschickt. Rohstoff für die Papierindustrie. Manche sagen, es ist der Preis, den wir für das Lesevergnügen zahlen, aber es ist nicht sicher. Den Urwald zu plündern ist sehr viel billiger als Geld in Forstprojekte zu investieren.«

Der Anblick dieses Berges von Holzspänen verursachte weitaus schmerzhaftere Wunden, als der Wind sie ins Gesicht zu schneiden drohte.

Wir machten es uns unter Deck in einer Art Kabine bequem, in der man nicht aufrecht stehen konnte, und während Nilssen eine Seekarte ausbreitete, erklärte El Socio die Besonderheiten des geschmorten Lamms, das er uns zum Mittag servieren wollte. Alle paar Minuten stieg er an Deck, besprach etwas mit Don Checho und machte sich dann wieder daran, Gewürze im Mörser zu zerstoßen.

»Wir erreichen den Golf von Ancud. Wie Sie sehen, ruhiges Wasser. Wenn Sie einverstanden sind, erzähle ich die Fortsetzung der Geschichte.«

»Ich wär' Ihnen dankbar.«

»Einverstanden. Wie Sie wissen, wußte ich auch von der Erlaubnis zum Töten der Blauwale, aber ich maß ihr keine Bedeutung bei. Nicht um diese Jahreszeit. Nicht zu Beginn des Winters. Deshalb dachte ich, als ich die *Nishin Maru* im Golf von Corcovado sah, an die Entdeckung von Klein Pedro, und ich hatte keinen Zweifel an ihren Absichten. Sie waren hinter den Calderóns her. Dennoch stimmte irgend etwas nicht.

Wenn die Japaner auch das Versteck der Wale kannten, hätten sie in einem besser ausgerüsteten Hafen anlegen müssen und niemals so weit im Norden. Sie hätten in Punta Arenas vor Anker gehen müssen, dem letzten geschützten Hafen vor der Antarktis, und hätten, sobald sie sich hatten überholen lassen, in nördliche Richtung hinter die Bahia Salvación fahren müssen, um dann mit Ostkurs die Fjorde zu erreichen. Irgend etwas stimmte nicht. Puerto Montt ist ein zu armseliger Hafen, um als Ersatzteillager zu dienen, und die *Nishin Maru* ist sogar den Kais ferngeblieben. Sie lag vor dem Golf von Corcovado und schien auf etwas Wichtiges zu warten. Klein Pedro und ich zerbrachen uns den Kopf darüber, was das wohl sein könnte.

Am Morgen des 4. Juni wußten wir es dann. Ein kleiner zweisitziger Hubschrauber flog mehrere Male um das Schiff und versuchte auf einer Plattform aus Leichtmetall zu landen, die man auf dem Achterdeck angebracht hatte. Es gelang nicht, weil der Puelche zu wehen begann. Wissen Sie, wovon ich rede?

Der Puelche. In den letzten Herbsttagen beginnt man allmählich die ersten Windböen zu spüren, die vom Atlantik kommen, Winde, die über die Pampa fegen, vorwärtstreiben, ohne in den kahlen Bergen des argentinischen Patagonien auf ein Hindernis zu stoßen, und kurz bevor sie die chilenische Küste erreichen, die flachen Berge von Cuatro Piramides und Melimoyu überqueren, und dabei den gefrorenen Atem des ewigen Eises in sich aufnehmen. Wenn sie an der nördlichsten Seite der Inselgruppe Las Guaitecas das Meer erreichen, stoßen sie auf die mächtigen Winde, die vom Pazifik kommen, ändern ihre Ost-West-Richtung in eine nördliche und wehen so weiter, bis sie den Golf von Ancud und Reloncavi erreichen, mit eisigen Windböen, unter denen sogar die Felsen erzittern. Wenn der Puelche weht, bleibt man am besten zu Hause, sagen die Matrosen aus Chiloé.

»Man sah, wie der Puelche heranstürmte. Die *Nishin Maru* lichtete die Anker und fuhr bis Puerto Montt. Erst hier vermochte der Hubschrauber zu landen, und nachdem man ihn mit Segeltuch und Tauen gesichert hatte, machte sich das Schiff in Richtung Südwesten auf, zum offenen Meer, und suchte die Ausfahrt des Chachao-Kanals im Süden des Golfes Los Coronados vor dem Kap von Huechucuicui. Was der Hubschrauber wollte, verstanden wir nicht, aber daß Kapitän Tanifuji in Eile war, durchaus. Auf dem Weg ins offene Meer drehte er vor dem Sturm, der von unbestimmter Dauer sein würde, bei und fuhr gleichzeitig mit voller Kraft gen Süden. Können Sie mir auf der Karte folgen?«

Ich folgte ihm mit ganzer Aufmerksamkeit. Während er sprach, ließ Kapitän Nilssen den Zeigefinger seiner rechten Hand rasch über die Seekarte gleiten, und ich hatte Mühe, mir die Namen der Inseln, Buchten, Kaps und anderer Orte zu merken. Ich bat um eine Pause, um mich mit der Karte vertraut zu machen. Er war einverstanden und ließ mich mit dem ausgebreiteten, von tausend grünen Flecken übersäten Blatt allein.

Bevor er an Deck stieg, sah mich Kapitän Nilssen belustigt an.

»Man muß nicht unbedingt die Karte kennen. Es ist unmöglich. Niemand ist in der Lage, so viele Namen im Kopf zu behalten. Bevor ich Sie allein lasse, will ich Ihnen einen Witz erzählen: Ein guter Freund von mir, ein Seemann aus Chiloé, der den Spitznamen Seewolf wirklich verdient, hatte viele Jahre als Lotse in der Magellanstraße gearbeitet. Der Mann griff zum Steuer jedes beliebigen Schiffes und brachte es ohne Schwierigkeiten zum Pazifik oder zum Atlantik. Aber mein Freund hatte den Makel, niemals auf einer Marine-Schule studiert zu haben, und zu allem Übel war er auch noch Sozialist. Nach dem Militärputsch von dreiundsiebzig, als die Militärs über alles bestimmten, bestellte die Seefahrtsverwaltung von Punta Arenas ihn zu einer Prüfung, um ihm die Lotsenlizenz zu erneuern. Also gut, mein Freund César Acosta und seine vierzig Jahre Erfahrung nahmen Platz vor einem Idioten im Range eines Marine-Leutnants. Der Offizier entfaltete eine Seekarte der Meerenge und sagte: ›Zeigen Sie mir, wo sich die gefährlichsten Sandbänke befinden.‹ Mein Freund kratzte sich den Bart und antwortete: ›Wenn Sie wissen, wo sie sind, gratuliere ich Ihnen. Mir, um durchzufahren, genügt es, wenn ich weiß, wo sie nicht sind.‹«

Kurz vor Mittag stieg auch ich an Deck und fand die drei Männer beim Mate, ohne sich um den nebligen Horizont zu sorgen, der kaum die Umrisse der Inseln erkennen ließ.

Hinter uns ließen wir die Chauquenes-Inseln, Tac, Apio und Chulín, und um zwei Uhr nachmittags ankerten wir an der Bucht von Puerto Chaitén, um Treibstoff zu laden und einen köstlichen Lammschmorbraten mit Lorbeer und Gewürznelken zu genießen.

»Eine Ruhepause von einer Stunde. Strecken Sie die Beine aus und versuchen Sie mit dem Körper ins Gleichgewicht zu kommen. Jetzt kommt ein schwieriges Stück Weg, und es wird kein Vergnügen sein, ihn in dieser Sardinenbüchse zu machen. Ein paar Meilen weiter südlich kommen wir nach Corcovado. Wissen Sie, daß Sie Glück haben? Als wir der *Nishin Maru* auf demselben

Kurs folgten, hatten wir ähnliches Wetter«, erklärte mir Kapitän Nilssen, während El Socio Don Checho nach seinen gastronomischen Wünschen für den Abend fragte.

Die Bucht von Corcovado beginnt etwa fünfundzwanzig Meilen südlich von Puerto Chaitén. Im Sommer, und bei Windstille, zeigt sie eine glatte Oberfläche, von der man den Meeresgrund mit größter Deutlichkeit sehen kann, im Winter aber, mit den vom offenen Pazifik bewegten Wassern, ist sie ein teuflisch gefährlicher Weg. Etwa vierzig Meilen trennen die Bucht von der Ostküste der Insel Chiloé. Der südlichste Punkt von Chiloé ist vom Nordkap der Inselgruppe Las Guaitecas durch einen Kanal von etwas über dreißig Meilen getrennt. Die kräftigen Strömungen des Pazifik kommen durch diesen Kanal, prallen in seiner Mitte gegen die Insel Guafo, teilen sich, um sich dann mit noch größerer Kraft in der Mitte des Kanals zu vereinen; in schäumenden Wirbeln fließen sie weiter, um sich in die Bucht von Corcovado zu ergießen, die sie im Laufe der Jahrhunderte vergrößert haben, indem sie die auslaufenden Klippen des Gletschers von Corcovado abtragen, der seine Granitmasse tief ins Meer hinabsenkt.

Die Überfahrt war hart. Don Checho und Kapitän Nilssen wechselten einander am Steuer ab. Ich kämpfte darum, meinen Magen an einer Stelle des Körpers zu behalten, die sich weder im Kopf noch in den Füßen befand, und El Socio machte sich an die Vorbereitung des Abendessens mit seinen Küchengeräten, die mit Wachstuchstreifen sicher am Herd befestigt waren.

Ich glaube, die *Pájaro loco* bewältigte den größten Teil der Reise in der Luft. Sie berührte das Wasser, um sich sogleich wieder unter wütendem Stampfen und Ächzen der erschrockenen Holzwandung zu erheben. Nachmittags um halb sechs war es schon dunkel, und mit einmal, wie durch ein Wunder, kamen wir in eine stille Bucht. Nach einer kurzen Runde um den Südosten einer kleinen Insel, drosselte Don Checho die Motoren, und El Socio sprang an Land.

Zum ersten Mal während der ganzen Reise wandte sich Don Checho an mich.

»Hat es Ihnen gefallen, Landsmann? Jetzt sind wir im Süden der Insel Refugio. Sie heißt so, weil die Kordillere von Melimoyu sie dank ihrer Höhe vor dem Wind schützt. Über uns bläst der Puelche, aber er kommt erst ein Dutzend Meilen weiter westlich wieder herunter. Socio, was gibt's zu essen?«

Der Schiffsjunge bedankte sich für die plötzliche Gesprächigkeit seines Patrons mit einem euphorischen *chupe de cholgas*!

An Deck sitzend, verspeisten wir einen wunderbaren *budin de cholgas* – handgroße Miesmuscheln von unwiderstehlichem Rosa. Beim Nachtisch unterhielten wir uns über die Einzelheiten der Reise, und ich wollte etwas mehr von diesen beiden Männern wissen. Ich stellte ein paar Fragen, die sie unwillig und einsilbig beantworteten. Das Gespräch schien aussichtslos, bis ich sie nach den Eigenschaften der Motoren fragte und wo sie sie gekauft hatten.

Die beiden brachen in Gelächter aus.

»Soll ich's ihm erzählen, Chef?« fragte El Socio.

»Na klar. Wenn er mit Nilssen reist, kann man Vertrauen haben. Aber ohne zu übertreiben, Socio. Tisch ihm nicht zuviel Mist auf.«

»Achachach, mein lieber Chef. Hören Sie. Früher hatten wir ein schwindsüchtiges Motorchen, das lief nur, wenn es Lust hatte, und wir hatten nicht die Mittel, ein anderes zu kaufen. Eines Tages, besser gesagt, eines Nachts, schickte uns Gott, der groß ist und seine Schafe liebt, zur Allianz für den Fortschritt. Sagt Ihnen das Wort Unitas etwas? Das sind Seemanöver, die die Yankees und die Chilenen veranstalten. Gut. Nun kam es so, daß ein Sturm die Gringos erwischte, als sie in der Bucht von Cucao, an der Westküste von Chiloé, Invasion spielten, und sie ließen zwei Landeboote zurück, von diesen großen mit Kommandobrücke und allem. Der Chef und ich haben sie gesehen und uns gesagt: ›Donnerwetter, wie großzügig die Gringos sind. Lassen uns diese Motoren als Geschenk zurück.‹ Wir haben sie abmontiert, und das sind sie. Wenn man bedenkt, daß es undankbare Leute gibt, die sich über die Gringos beklagen.«

»Aber diese Motoren müssen sehr viel schwerer sein, und den Sie sonst hatten...«

»Ich habe Ihnen doch gesagt, daß Gott seine Herde liebt. Zufälligerweise sind wir auf der *Finisterre* gefahren, und in dieses Schiff paßt alles.«

El Socio beendete seine Geschichte und trug die Teller und Töpfe zum Spülbecken. Ich saß an Deck, zündete mir eine Zigarette an und spürte, daß ich die *Finisterre* gern zu haben begann.

VIER

Mit dem ersten Licht des 23. Juni ließen wir den natürlichen Anlegeplatz der Insel Refugio hinter uns und setzten die Fahrt in Richtung Süden fort.

Die Wasser zeigten sich ruhig und kristallklar, obwohl das Radio von starken Winden auf offener See sprach. Die Temperatur lag nicht über 2 Grad, als wir die Nordeinfahrt des Kanals von Moraleda nahmen. Im Osten fuhren wir an den Inseln Tilo und Magdalena vorbei. Im Westen lagen Las Guaitecas, die Leucayec- und die Chaffers-Inseln, Carrao, Filomena, Huenahuec, Tránsito, Cuptana, Melchor und Hunderte kleiner, namenloser Inseln, bevölkert von Robben und Seevögeln, die den Weg der *Pájaro loco* ungerührt verfolgten.

»Am siebten Juni fuhren wir die gleiche Strecke«, begann Kapitän Nilssen zu erzählen.

»Wir hatten die Radiofrequenz der *Nishin Maru* ausfindig gemacht und konnten daraus schließen, daß sie ganz in unserer Nähe sein mußte. Nur die Inseln trennten uns. Der Japaner fuhr etwa hundert Meilen vor der Küste, und diese Angabe sagte uns, daß das Wetter auf unserer Seite war. Um den Golf von Penas zu erreichen und das Versteck der Wale zu suchen, hätte er zuerst eine Drehung nach Westen und dann nach Süden machen müssen, um den Sandbänken auszuweichen, welche die Insel Taitao umgeben. Wir kennen eine Abkürzung, wie Sie noch sehen werden, und also richteten wir uns darauf ein, ihn an der Nordeinfahrt des Messier-Kanals zu erwarten, den wir mit der *Finisterre* blockierten. Aber Tanifuji war besser informiert, als wir dachten, und er ist hinterlistig wie ein hungriger Fuchs. Sie werden noch sehen, warum ich das sage, aber vorher möchte ich, weil wir gerade hier sind, die Gelegenheit nutzen, Ihnen etwas Interessantes zu zeigen, obwohl es nichts mit unserer Reise zu tun hat. Schauen Sie. Dieser grüne Fleck, den man backbords sehen kann, ist die Nordküste der Insel Melchor, die ein Kanal von der Insel Victoria trennt; er ist nur einige Meter breit und sehr flach. Dieser namenlose Kanal endet in einer Bucht vor den Inseln Kent und Dring im Westen und war eine gute Zuflucht für die Korsaren vergangener Zeiten. Mein Vater ist durch diesen Kanal gefahren, und die Tiefenangaben in den Karten sind ihm zu verdanken. Es ist gut möglich, daß in dieser Bucht die Legende vom Gespensterschiff ihren Anfang nahm, von der *Caleuche*, obwohl das Schiff ursprünglich einen anderen Namen hatte: *Cacafuego*.«

»*Cacafuego*? Ein Schiff, das Feuer kackt? Es ist das erste Mal, daß ich diesen Namen höre.«

»Das wundert mich nicht. Ihr erster Kapitän hieß Alonso de Méndez, und es hielt ihn nur drei Wochen auf seinem Posten. Er starb am Großmast, aufgehängt auf Befehl des zweiten Kapitäns, Francis Drake.«

»Drake der Pirat?«

»Genau der. Sir Francis Drake. Fünfzehnhundertsiebenundsiebzig durchquerte Francis Drake die Magellanstraße mit einer Flotte von sieben Brigantinen. Nur eine, die *Golden Hind*, überlebte die Durchfahrt, und mit ihr stieß Drake weiter nach Norden vor und plünderte einige chilenische Städte und später einige in Peru. In El Callao hatte er das Glück, die *Cacafuego* ausfindig zu machen, ein Schiff, das auf einer Werft der Neuen Welt gebaut worden war, es war schlecht ausgerüstet, aber als Lastschiff war es ausgezeichnet. Die *Cacafuego* war schwer beladen mit Gold und Silber, es war so viel, daß Drake es nicht auf die *Golden Hind* umladen und dann das Schiff unter der spanischen Flagge versenken konnte.

Der Pirat sah sich einem Dilemma gegenüber: Entweder er zog die schwere *Cacafuego* als Ballast mit in den Norden auf der Suche nach neuer Beute und vor allem nach ein paar guten Schiffen, die es ihm ermöglichen würden, die wertvollen Metalle umzuladen, oder er ließ das gekaperte Schiff unter dem Befehl eines absolut vertrauenswürdigen Mannes zurück. Er entschied sich für das zweite und ernannte Williams O'Barrey zum Kapitän der *Cacafuego*, einen blutrünstigen Iren, auf dessen Kopf die hanseatische Liga eine Prämie ausgesetzt hatte.

Es war der Winter fünfzehnhundertsiebenundsiebzig. Drake wußte, daß kein spanisches Schiff von Süden kommen würde, und so machte er sich mit vollen Segeln auf in den Norden, in der Hoffnung, weitere spanische Schiffe an der Mündung des Guayas zu überraschen. O'Barrey blieb an der Spitze einer Besatzung von dreißig Mann zurück, und die Anweisungen lauteten, Drakes Rückkehr abzuwarten.

Zu jener Zeit gab es nur zwei Gründe, aus denen Piraten meuterten: ein Übermaß an Hunger oder an Gold. Es war das zweite, was den Iren zum Ungehorsam trieb, und so setzte er im Juli des Jahres die Segel und fuhr mit dem randvoll beladenen Schiff nach Süden. In drei Monaten schaffte O'Barrey zweitausendfünfhundert Meilen, und im Oktober desselben Jahres wurde er von einem kräftigen Unwetter überrascht, ganz in der Nähe von uns, fast vor der Insel Lemu.

Mit dem übervoll beladenen Schiff konnte er sich nicht aufs offene Meer hinauswagen und vor dem Sturm kreuzen. Er suchte Zuflucht in der Bucht, die von den Inseln Melchor, Victoria und Dring gebildet wird. Hätte er es bloß nicht getan, denn als der Sturm sich legte, entdeckte er, daß drei Schiffe der spanischen Armada die Ausfahrt blockierten. In seiner Absicht, die Magellanstraße zu erreichen, hatte er zu lange gezögert.

Die *Cacafuego* besaß nicht mehr als zwei Kanonen sowie die Musketen der Besatzung, um sich zu verteidigen. Dagegen waren die spanischen Schiffe gut bewaffnet, und die Korsaren wußten, daß der Galgen sie erwartete. In einem Anfall von Optimismus glaubte O'Barrey, Nachsicht bei den Belagerern zu finden, wenn er ihnen die Beute überließ, aber die Piraten verziehen ihm diese Feigheit nicht und hängten ihn an denselben Mast, an den sie zuvor den unglücklichen Kapitän de Méndez geknüpft hatten.

Als die Nacht kam, senkte sich ein dichter Nebel über die Bucht, und die Belagerer nahmen das Fluchtmanöver der *Cacafuego* nicht wahr.

Die Piraten segelten fünf Meilen weiter in den Süden der Bucht und gelangten durch einen sehr schmalen Wasserlauf, der die Inseln Victoria und Dring trennt, in den Kanal, den man heute als Darwin-Kanal kennt. Sie waren ausgezeichnete Seefahrer, diese Piraten, und ihr

Steuermann muß ein Kerl gewesen sein, der mit den Händen dachte. Der Nebel hing vermutlich mehrere Tage über der Küste, denn anders ist es nicht zu erklären, daß die Belagerer vier Tage brauchten, bis sie das flüchtende Schiff neunzig Meilen weiter südlich entdeckten, an der Einfahrt zum Golf von Peñas, wie er eigentlich hieß, bis die englischen Kartographen die Tilde auf dem N verschwinden ließen.

Die Spanier hätten die Piraten im Golf angreifen können, aber sie taten es nicht, vielleicht um zu verhindern, daß die Belagerten das Schiff versenkten. Damit, daß sie den Kapitän O'Barrey aufgehängt hatten, hatten sie bewiesen, zu allem fähig zu sein, außer, sich zu ergeben, und so ließen die Spanier sie in den Messier-Kanal einfahren. Die Spanier kannten die Kanäle nicht. Sie haben sich nie dafür interessiert, wie ihnen auch die Länder im Süden der Welt gleichgültig waren, vielleicht aus Angst vor den beschriebenen Monstern und Alptraumwesen, die vermeintlich diese Inseln bewohnten. Ein einziges Mal zeigten die Spanier ihr Interesse für diese Gegend, und das war, als Francisco de Toledo die Eroberung von Trapananda befahl, ein bis heute rätselhafter Name, der wohl von den vermuteten Reichtümern jener sagenhaften verlorenen Stadt der Caesaren herrührt. Also ließen sie sie in den Messier-Kanal fahren, in der Erwartung, daß Hunger und Verzweiflung sie aufs offene Meer hinaustreiben würden.

Um sich zu vergewissern, daß sie nicht noch einmal ihren Blicken entschwinden würden, teilten sie sich die Überwachung der Küsten. Ein Schiff blieb zurück im Golf von Penas an der Nordeinfahrt des Kanals. Ein anderes Schiff fuhr hundert Meilen weiter nach Süden zur

Ausfahrt des Dinley-Kanals, und das dritte postierte sich zwischen die Inseln Madre de Dios und die Bahia Salvación.

Es war ein klug bedachtes Manöver: Irgendwann mußten die Piraten herauskommen, und würden sie versuchen, die fünfhundert Meilen, die sie von der Magellanstraße trennten, durch die Kanäle zu fahren, würde das Schiff, das vor der Bahia Salvación lag, sie sehen und ihnen den Weg versperren können.

Das Warten zog sich vierzehn Monate hin, und die *Cacafuego* gab kein Lebenszeichen von sich, so daß die Belagerer, mit der Verstärkung von vier weiteren Schiffen, sich in den Kanälen auf die Suche machten. Sie haben sie nie gefunden. Niemand weiß, ob die *Cacafuego* jemals das offene Meer erreichte, aber es gibt Hunderte von Legenden bei den Onas, Yaganes und Alacalufes, in denen von blonden Menschen die Rede ist, die Gold auf die Inseln abladen, um das Schiff leichter zu machen. Es heißt auch in den Legenden, daß die Matrosen die Laderäume freimachten und bei ihrer Rückkehr an Bord wieder gefüllt vorfanden. Es gibt auch viele Inselbewohner, die schwören, ein mit zerfetzten Segeln schwerfällig dahinfahrendes Schiff gesehen und in den Nebelschwaden die Klagen der Matrosen gehört zu haben, die flehentlich um die Freiheit des offenen Meeres betteln.

Ich selbst habe einige Seeleute kennengelernt wie den Alten Eznaola, ein Baske aus Puerto Chaitén, der noch heute mit seinem Kutter, den er mit Fähnchen schmückt, die eine Amnestie verkünden, hinausfährt, um der Verdammnis des Piraten O'Barrey ein Ende zu machen und die armen eingeschlossenen Teufel zu befreien.

Vielleicht ist die *Cacafuego* wirklich die *Caleuche*. Und

wenn nicht, was tut's? In diesen Wassern ist Platz für viele Gespensterschiffe ...«

Als es Nacht wurde, umrundeten wir die Insel Victoria im Osten, um den Paso del Medio nördlich der Insel Quemada zu nehmen, und gelangten in den Großen Fjord von Aysén.

Wir fuhren vierzig Meilen durch den Fjord, in Richtung Festland, und kamen nach Puerto Chacabuco und in die Viehzüchterstädte Aysén und Coyaique, welche die Hauptstadt von Patagonien ist. Aber die *Pájaro loco* ankerte in Caleta Oscura, an der Fjordmündung.

El Socio entschädigte uns für die Mühen des Tages mit einer leckeren Pfanne voller Meeresfrüchte und Algen, und nach dem Abendessen sagte mir Kapitän Nilssen, daß wir immer noch ein paar Stunden Fahrt vor uns hätten, um die *Finisterre* zu erreichen.

»Ein paar Stunden und noch mehr: Ich habe vergessen, Sie zu fragen, ob Sie reiten können?«

»Ja, aber als Reiter habe ich mich noch nie hervorgetan.«

»Das macht nichts. Es sind etwa siebzig Kilometer über abschüssiges Gelände. Aber Sie brauchen sich nicht zu fürchten. Der Hintern ist derjenige Teil des Körpers, der eine schlechte Behandlung am schnellsten vergißt.«

FÜNF

Um fünf Uhr morgens am 24. Juni verließen wir Caleta Oscura und begaben uns durch den Costa-Kanal nach Süden.

Wir fuhren in fast gerader Linie, fast ohne das Steuer zu berühren, durch einen Wasserlauf von einer Meile Breite. Im Westen lag die Insel Traiguén und im Osten die eisige Kordillere von Hudson.

Dreißig Meilen weiter südlich, mit der Insel Simpson als östlichsten Bezugspunkt, fuhren wir in den Elefanten-Fjord, an dessen Ostufer die mächtigen verschneiten Berge der San-Valentín-Kordillere liegen, vom Wind abgeschliffen in einer Einsamkeit von viertausend Metern Höhe. In der Mitte des Fjordes sahen wir mehrere Dutzend Weißstreifendelphine sich behutsam im stillen Wasser bewegen, schöne Tiere mit sehr dunkler Haut und mit einer Zeichnung silberner Streifen an den Seiten.

Sie näherten sich der *Pájaro loco* mit der Selbstverständlichkeit, mit der man einen alten Bekannten begrüßt. Mit anmutigen Sprüngen dankten sie für die Fische, die El Socio ihnen zuwarf. Pfeile waren sie aus Nacht und Silber, die ihre zwei Meter in die Luft erhoben, neben dem Schiff untertauchten und emporkamen, um uns mit ihren kleinen Mäulern voller bernsteinfarbener Zähne unverständliche Dinge zu sagen.

Don Checho drehte das Steuer, um die *Pájaro loco* den Steilhängen der grünen Westküste zu nähern. Wir fuhren an der Halbinsel Sísquelan vorbei, und wenige Meilen weiter südlich würden wir die unüberwindliche, eisige Barriere der Gletscher an der Lagune von San Rafael erreichen.

Die Luft kündigte uns die Nähe des ewigen Eises an, der sechshunderttausend Hektar Eisfläche, die im äußersten Süden des Elefanten-Fjords beginnen und wo sich bis vor einem knappen Jahrhundert die Chonos, Alacalufes, Onas und Chiloten trafen, um sich an einem gestrandeten Wal zu schaffen zu machen, um Häute zu tauschen, Robben und See-Elefanten zu jagen, alte Rechnungen mit dem Leben und dem Tod zu begleichen, und damit die Meeresgötter die Jungfrauen schwängerten und in die Köpfe der Jünglinge Verheißungen von Glück und Freude setzten.

Ein Engländer kam einmal durch diese Gegend und verstand nichts von dem, was er sah. Er schrieb: »Traurige Einsamkeiten, in denen der Tod mehr als das Leben über alles zu herrschen scheint.« Er hatte nichts verstanden und deshalb, als ein guter Engländer, griff er zur Lüge. Er hieß Charles Darwin.

»Was wir zu sehen bekommen, ist nicht normal«, bemerkte Kapitän Nilssen. »Die Weißstreifendelphine leben auf offener See. Diese hier verstecken sich in den Fjorden und hören nicht auf, freundlich zu sein. Vielleicht merken sie, daß wir keine Feinde sind. Wer weiß. Manchmal scheinen mir Delphine sehr viel sensibler als menschliche Wesen zu sein, auch intelligenter. Sie sind die einzige Tierart, die keine Hierarchie duldet. Sie sind die Anarchisten des Meeres.«

Die Delphine sprangen weiter um das Boot herum, bis wir festmachten. Es kann schon sein, daß ihre Freundlichkeit stärker ist als ihr Selbsterhaltungstrieb.

Wir legten an einer natürlichen Mole an, die aus flachen Steinen bestand. Das Schauspiel der Delphine hinderte mich daran, den Mann zu sehen, der uns, in einen groben Reiterponcho gehüllt, erwartete. Man konnte ihn schwerlich übersehen, denn Klein Pedro war riesig.

Ich konnte mir eine Vorstellung von seiner Größe machen, als er nähertrat und Kapitän Nilssen begrüßte.

»Ist das der Mann, der schreibt?« fragte er.

Nilssen stellte uns vor, und der Riese reichte mir seine offene Hand.

Nach einer stärkenden Mahlzeit aus einem Algengericht, *luche* und *Cochayuyo*, verabschiedeten wir uns von Don Checho und El Socio. Ich glaube, ich werde immer seine vollen Teller vermissen, die sich über Seegang und Wind hinwegsetzten oder diese vielleicht als zusätzliche Würze nutzten.

Die *Pájaro loco* machte sich nach Norden davon, und Klein Pedro brachte uns zu den Pferden, drei zottelige Tiere, deren Mäuler dampften und die sich nicht sehr gern reiten ließen. Er gab uns auch Sporen mit breitem Rädchen, Reiterponchos, und der Ritt begann.

Der Himmel klarte auf, und so erfreuten wir uns am Anblick der flachen Berge, der Süßwasserlagunen und Bäche, der Wälder und Grotten, darin sich vielleicht die Schätze der *Cacafuego* befanden. Rasch brach die Nacht herein, und wir ritten weiter unter einer Sternenwolke, die sich verdoppelte und vervielfachte im Spiegel der Eisflächen und der Gletscherwände von

San Valentín, der unüberwindlichen Barriere, welche die Halbinsel von Taitao trennt.

Taitao erstreckt sich etwa achtzig Meilen weit in den Pazifik. Nach Südwesten hin verengt es sich zu einem schmalen Streifen, der auf der Karte wie das Mundstück einer Flöte aussieht, die in Richtung Festland bläst und die grüne Wasserblase der Halbinsel Tres Montes und die kleineren Bläschen der Crosslet-Inseln bildet.

Obwohl es nur zwei Grad unter Null war, brachten die klare Nacht und die Nähe des Gletschers von San Quintín polare Kälte. Wir ritten immerzu im Trab oder im Schritt, und unsre Reiterponchos schützten uns so gut, daß niemand an einen Halt dachte, um nicht die Wärme zu verlieren, bis Klein Pedro beim ersten Morgengrauen für das Recht der Pferde auf eine Pause eintrat.

Während sich die Pferde um die reifbedeckten Grashalme stritten, bereitete Klein Pedro ein Maultiertreiber-Frühstück zu: Brot, Rauchfleisch und Mate, was mir in dieser Wildnis herrlich mundete.

Um elf Uhr vormittags am 25. Juni konnten wir die spiegelglatten, ruhigen Wasser der Bucht von San Quintín sehen, die im Süden von dem Ausläufer einer weiteren Halbinsel eingeschlossen wird, die ein Teil von Taitao ist, von Forelius.

Hier erwarteten uns zwei regungslose Reiter in ihren Sätteln. Es waren die Brüder Eznaola, Freunde von Nilssen und Söhne des baskischen Seemanns, der bis heute versucht, die Besatzung des Gespensterschiffs von dem Fluch zu befreien. Sie waren die Besitzer der Pferde, auf denen wir ritten.

Sie würden sie zu ihrer Farm »La Bien Querida« zurückbringen und dafür an die zweihundertfünfzig Kilometer ostwärts reiten, über Gletscher und Berge, bis sie die Ufer des Cochane-Sees an der Grenze zu Argentinien erreicht hätten.

Gemeinsam mit den Eznaolas, dem Schweigen ergebenen Männern, bewältigten wir die Kilometer, die noch fehlten, bis wir den Golf von San Estéban erreichten. Hier lag der Kutter. Seinem Schaukeln sah man an, wie ungeduldig er auf die Abfahrt wartete.

SECHS

Die *Finisterre* war ein edel geschnittenes Schiff. Ich hatte mir einen Kutter nach englischer Art vorgestellt, mit mehreren Dreieckssegeln und einer entsprechenden Anzahl Klüver, aber vor mir lag ein Schiff mit einem einzigen Segel, das an einer aufstellbaren Rahe geborgen war, und einem Außenklüver, der am Steven eingerollt war.

Es war grün gestrichen, und die Fugen des Gebälks zeigten eine von sorgfältiger Hand faserfrei aufgetragene Kalfaterung. Das durchsichtige Wasser des Golfes ließ einen Teil des Kiels sehen, der frei von Ablagerungen war. Kapitän Nilssen forderte mich auf, an Bord zu kommen.

Die zwölf Meter Länge bei vier Metern Breite waren ein Monument der Genügsamkeit. Das Steuer befand sich anderthalb Meter vor dem Heck und hatte kein Kastell. An seiner Seite erhob sich wie ein Wachtposten die polierte Bronzesäule des Kompasses, und zwei mit dem Deck fest verbundene Juteringe deuteten auf die Stelle, an der der Steuermann bei stürmischen Überfahrten stand. Am Heck hing der Kahn, der vier Personen aufnehmen konnte, mit kurzen Rudern, die auf dem Rumpf lagen. Zwei Meter vor dem Bug war die Luke des Logseils, durch welche ich einen Blick ins Innenleben der *Finisterre* werfen konnte.

Die mächtige Takelage fiel auf, weil sie sorgfältig geputzt war. In Nähe des Bugs stapelten sich ordentlich Segelwerk und Werkzeuge. In der Mitte zwei Kojen und ein Tisch. An einer Seite sah man das Radio, und weiter zum Heck hin befanden sich der Motor, die Pumpe, zwei Treibstofftanks und die Ruderkette, die sich durch zwei gummiüberzogene Metallöffnungen in den Kiel senkte.

Wir nahmen Abschied von den Eznaolas, und Klein Pedro ergriff die Stange, um das Schiff vom Ufer abzustoßen. Gleich darauf entfaltete er den Außenklüver, und das Schiff kam langsam in Fahrt. So legten wir die ersten Meilen in Richtung Süden zurück, immer nach Süden, und als Kapitän Nilssen das Dreieckssegel hißte, hatten wir den Golf von Penas erreicht.

»Nehmen Sie das Steuer. Nur keine Angst, Sie nähern sich langsam dem Ende des Rätsels, und ich will Ihnen ein paar Orte auf der Karte zeigen, damit Sie alles, was Sie sehen, besser verstehen können. Klein Pedro ist kein so guter Koch wie El Socio, aber seine gegrillten Seezungen sind unübertrefflich. Haben Sie schon einmal in Salz eingelegte Seezunge gegessen? Richten Sie sich auf etwas Gutes ein und hören Sie aufmerksam zu, was ich Ihnen jetzt sagen werde.

Sie sehen den Fleck an backbord? Das ist die Insel Javier. Dahinter liegt der Chear-Kanal sowie eine Reihe von Fjorden, die auf zwanzig Meilen ins Festland hineinreichen. Am Morgen des achten Juni setzte uns ein Sturm aus Südwest mit mehr als vierzig Knoten Windgeschwindigkeit derart zu, daß wir das geplante Manöver nicht ausführen konnten, nämlich die Mitte des Golfes von Penas zu erreichen und mit voller Kraft in die

Nordmündung des Messier-Kanals zu fahren. Wir wollten heimlich im Paso del Suroeste ankern, der den Kanal mit dem offenen Meer verbindet und dabei die Inseln Byron und Juan Stuven trennt. Von dieser Position aus wäre es ein Leichtes gewesen, dem Japaner den Weg zu versperren, aber der verdammte Wind wehte immer stärker und zwang uns, im Chear-Kanal Zuflucht zu suchen.

Gegen Mittag schlug der Golf Wellen von drei Metern Höhe, und offenbar gab Kapitän Tanifuji nichts auf den Namen des Ortes, an dem er sich befand. Doch dann zwangen ihn der Sturm und der Seegang doch, Zuflucht zu suchen, und wir sahen die *Nishin Maru* an der Südeinfahrt des Chear-Kanals auftauchen.

Uns trennte etwas weniger als eine halbe Meile. Wir hatten die *Nishin Maru* in ganzer Gestalt als Silhouette vor uns, aber sie sahen uns nur zum Teil. Als es dunkel wurde, verloren sie uns völlig aus den Augen und suchten uns dann mit dem Radio, auf der Frequenz der Hafenbehörden von Punta Arenas. In einem stümperhaften Spanisch fragte uns der Radiosprecher, ob wir in Seenot wären. Wir verneinten und fügten hinzu, daß wir Muschelsucher wären, die das Unwetter überrascht hätte. Nach einer langen Pause suchten sie erneut Kontakt zu uns, diesmal um uns zu sagen, daß wir mit einem Kriegsschiff sprächen, uns in einem Seemanövergebiet befänden, und sie wiesen uns an, nach Norden auszulaufen. Unsere Antwort hieß ›einverstanden‹, und die Nacht verbrachten wir damit, die Lichter der *Nishin Maru* am südlichen Horizont zu beobachten.

Im Morgengrauen hatte sich der Sturm zwar ein wenig gelegt, aber seine Richtung nicht verändert: er wehte noch immer von Süden. Der Messier-Kanal schleuderte ihn uns wie einen haßerfüllten Strahl entgegen. Um von hier wegzukommen, fuhren wir entlang der Nordküste der Insel Javier und erreichten, die Wellen fast von der Seite schneidend, den Westen des Golfs. Als wir an Punta Anita vorbei waren, bekamen wir die freundlichen Winde des Pazifiks zu spüren, die von West nach Nordwest wehen, und mit aller Kraft jagten wir das Schiff quer über den Golf. Wir schafften es, und beinahe wäre uns dabei das Steuer zerbrochen. Wir wußten, daß wir ein paar Meilen Vorsprung vor der *Nishin Maru* hatten, doch als wir am Messier-Kanal vorbeikamen, etwa dreißig Meilen von seiner Nordmündung entfernt, warf uns dieser verdammte Wind in Boca de Canales in die Einfahrt zu einem Labyrinth von Fjorden, die sich hundert Meilen weit ins Festland hinein ausdehnen, Fjorde, die untereinander mit sehr schmalen Wasserwegen verbunden sind und die nur sehr wenige Menschen kennen. Mein Vater war einer von ihnen, und Klein Pedro ist in der Lage, sie mit geschlossenen Augen zu finden. Dort blieben wir. Wir konnten nichts anderes tun als warten, daß der Sturm sich legte. Wir waren zwanzig Meilen entfernt von der Nordmündung des Messier-Kanals.

Von diesem Punkt aus sahen wir die *Nishin Maru* in der Mitte des Golfs auftauchen. Sie fuhr mit voller Kraft auf den Kanal zu. Mit diesem Tempo konnten wir nicht Schritt halten, und wir sahen, daß sie ihn erreichte, indem sie um die Halbinsel Larenas fuhr.

Tanifuji kannte sehr wohl seinen Bestimmungsort und seine Route: Er legte die ersten fünfzehn Meilen im Messier-Kanal in südlicher Richtung zurück, dann fünfunddreißig nach Südwesten durch den Swettkanal, er würde in die Baker-Straße einfahren und ihr zwanzig Meilen in gerader Linie nach Osten folgen, um schließlich in der Gran Ensenada Sin Nombre herauszukommen, einer Bucht, die vom Festland und den Inseln Videnau, Alberto und Merino Jarpa eingeschlossen wird. In dieser Bucht gibt es mehr als fünfzig Fjorde, in die sich mehrere Schulen von Pilotwalen geflüchtet haben.

Wir holten das Segel ein und fuhren mit Motorkraft in die Boca de Canales.

Das erste Stück ist nicht schwierig. Die ersten vierzig Meilen kam die *Finisterre* gut durch die Buchten und Klippen, aber dann kamen die Algenbänke, und die Winden drohten jeden Augenblick stehenzubleiben. Trotz allem erreichten wir am Nachmittag die Einfahrt zum Troya-Kanal, der die Inseln Alberto und Merino Jarpa trennt, und sahen die *Nishin Maru* in der Gran Ensenada Sin Nombre wieder.

Das Licht war sehr schwach, aber es reichte aus, den Jagdstil Kapitän Tanifujis zu erkennen. Haben Sie einmal von der australischen Pferdejagd gehört? Das ist ganz einfach: Mit Hubschraubern sucht man die Herden wilder Pferde und wartet den Einbruch der Nacht ab. Mit großen Scheinwerfern macht man die Tiere dann verrückt vor Angst, die Pferde rennen immer im Kreis, ohne sich zu entfernen, und die Jäger schießen sie aus der Luft ab.

Deshalb hatte Tanifuji im Golf von Chile auf den Hubschrauber gewartet. Und hier in der Gran Ensenada schoß er die Wale ab, die sich neugierig dem Licht der Scheinwerfer näherten. Im Morgengrauen waren die Japaner noch immer dabei, tote Wale an Bord zu hieven. Wir sahen etwa zwanzig Stück, einen nach dem anderen, und sie hatten die ganze Nacht ununterbrochen gearbeitet, weshalb wir nicht wissen konnten, wie viele sie getötet hatten. Das Wasser der Bucht stank nach Blut, und überall schwammen Hautfetzen herum.

Ich hatte das Gefühl, ans Ende einer langen Reise gekommen zu sein. Ich hatte genug Scheußlichkeiten gesehen. Ich wollte Klein Pedro aussteigen lassen und mich dann mit der *Finisterre* mit aller Wucht gegen den Maschinenraum der *Nishin Maru* werfen. Ich hatte fünfhundert Liter Treibstoff an Bord, und das ergibt einen guten Molotov-Cocktail. Pedro las meine Gedanken, und abermals sprach er zu mir wie mit einem Fremden: ›Nein, Chef. Ich bin mit diesen Wassern länger verbunden als Ihr.‹ Und er ließ den Kahn ins Wasser.

Ich sah ihn auf die *Nishin Maru* zurudern, und als er sie erreichte, begann die Besatzung mit Müll und Dreck nach ihm zu werfen, mit Blechbüchsen, die Pedro zurückwarf, ohne daß es ihm gelang, jemanden zu treffen. Dann fingen sie an, mit einem Wasserstrahl nach ihm zu zielen und ihn damit zu quälen. Die Japaner lachten, während sie ihn begossen, und Pedro hatte alle Mühe, den Kahn flott zu halten.

Ich wußte nicht, konnte mir nicht vorstellen, in welcher Absicht er sich so nahe an die *Nishin Maru* heranmachte, während die Besatzung sogar auf ihn hinunterpinkelte, und was dann geschah, das werden Sie morgen sehen, aber es wäre dumm von mir, wollte ich es Ihnen nicht schon jetzt erzählen.

In einem bestimmten Augenblick, als sich zwei weitere Spritzschläuche an dem Vergnügen beteiligten und es Pedro fast nicht mehr gelang, sich flott zu halten, tauchte neben dem Kahn der Rücken eines Pilotwals auf, der mit aller Behutsamkeit Pedro und sein Boot wegdrückte, um ihn von dem Schiff zu entfernen. Dann, auf einen Ruf, den kein Mensch je auf dem Meer vernommen hat, ein Ruf, der so durchdringend war, daß einem das Trommelfell erbebte, kamen dreißig, fünfzig, hundert, eine Unmenge Wale und Delphine herbei, schwammen in größter Eile auf die Küste zu, die sie beinahe berührten, um zu wenden und mit noch größerem Tempo ihre Köpfe gegen das Schiff zu rammen.

Ohne sich darum zu kümmern, daß viele von ihnen bei jedem Angriff mit geborstenem Schädel starben, wiederholten die Wale die Angriffe, bis die *Nishin Maru*, an die Küste geschoben, zu stranden drohte. Sie schoben sie ganz nahe an die Klippen, und an Bord brach Panik aus. Einige kopflose Matrosen ließen Rettungsboote ins Wasser, die, kaum berührten sie das Wasser, mit Schwanzschlägen zerstört wurden. Andere sah ich bei den Anstürmen ins Wasser fallen. Plötzlich brach ein Feuer an Bord aus, am Achterdeck brannte der Hubschrauber, und Tanifuji gab Befehl, mit aller Kraft sich davonzumachen, ohne sich um das Schicksal der Besatzungsmitglieder zu kümmern, die noch im Wasser schwammen und von den Walen und Delphinen erbarmungslos zerstückelt wurden.

Es fällt Ihnen schwer, das alles zu glauben? Natürlich ist es unglaublich, aber morgen werden Sie mit eigenen Augen den Ort und die Spuren der Schlacht sehen. Ich habe Ihnen angekündigt, daß die Geschichte unglaublich ist, genauso unglaublich, daß sie die *Nishin Maru* entkommen ließen, als sie sie schon so weit hatten, daß sie stranden mußte – und daß sie den Kahn mit Pedro an

Bord bis zur *Finisterre* schoben, ohne ihn auch nur anzurühren.

Und jetzt überlassen Sie mir das Steuer. Sie machen das gar nicht so schlecht. Sie halten es nicht mit den Händen fest, sondern spüren es, haben ein Gefühl dafür, und das ist das Geheimnis eines guten Steuermanns. Richten Sie sich auf etwas Gutes ein. Klein Pedro hat die Seezungen fertig.«

SIEBEN

In jener Nacht, da wir an der Einfahrt zur Baker-Straße vor Anker lagen, konnte ich keinen Schlaf finden. Alle Geschichten, die ich in meinem Leben über das Meer gelesen hatte, kamen mir in den Sinn und vermischten sich mit dem Bericht von Kapitän Nilssen.

Gut gegen die Kälte geschützt, stieg ich an Bord. Der launische südliche Winter bescherte mir eine unvergleichliche Nacht. Tausende von Sternen schienen zum Greifen nahe, und als ich das Kreuz des Südens sah, das die Polargrenze anzeigte, erfüllte mich eine Rührung, eine Kraft und Überzeugung, wie ich sie bis dahin nicht gekannt hatte. Endlich spürte ich, daß auch ich irgendwohin gehörte. Endlich spürte ich den Ruf, der stärker war als das Gebot des Stammes, den man hört oder zu hören glaubt, oder sich erfindet, um die Einsamkeit ertragen zu können. Hier, auf diesem ruhigen, aber niemals stillen Meer, auf diesem schweigenden Ungeheuer, das sich mit gespannten Muskeln auf die Umarmung des Pols gefaßt machte, unter den tausend Sternen, die die vergängliche und flüchtige Existenz des Menschen bezeugten, wußte ich endlich, daß ich hierher gehörte, ich immer, auch in meiner Abwesenheit, die Elemente dieses heftigen und schrecklichen Friedens mit mir tragen würde, der ein Vorläufer ist aller Wunder und aller Katastrophen.

In jener Nacht, auf dem Deck der *Finisterre* sitzend, weinte ich, ohne es zu merken. Und es war nicht wegen der Wale und was ihnen geschah.

Ich weinte, weil ich wieder zu Hause war.

Der 26. Juni brachte einen wolkenlosen Himmel und einen Temperatursturz bis acht Grad unter Null.

Die Wasser der Gran Ensenada Sin Nombre boten eine ruhige Fläche, und die mit dem Außenklüver segelnde *Finisterre* verletzte sie mit feiner Narbe.

Plötzlich tippte mir Klein Pedro auf die Schulter und zeigte mir einen riesigen Körper, der an Steuerbord auftauchte. Zum ersten Mal in meinem Leben sah ich die kräftigen Sprünge eines Pilotwals.

Der Wal hob seine sechs Meter in die Luft, tauchte an der Steuerbordseite unter, erschien Minuten später wieder an der Backbordseite und wiederholte seine wunderbaren Übungen. Der Wal begleitete uns zwei Stunden lang, bis wir das Schlachtfeld erreichten, wie es Kapitän Nilssen nannte.

Noch immer schwammen schwarze Hautfetzen im Wasser, pechschwarze Reste von mehreren Metern Länge, wie Reste von Schiffbrüchigen, welche die Fische verschlungen haben, die mit den Köpfen an die Oberfläche kamen.

An der Küste der Insel Alberto hatten sich Tausende von Seevögeln und Raubvögeln aus der patagonischen Pampa eingefunden. Sie erledigten die Reste der Schlächterei. Deutlich konnte man die Gerippe vieler Wale erkennen, und andere kleinere, vielleicht von Delphinen oder den unglücklichen Besatzungsmitgliedern der *Nishin Maru*.

Mir fiel ein, daß ich einen Fotoapparat bei mir hatte.

Ich fragte Kapitän Nilssen, ob ich einige Aufnahmen machen könne, und er antwortete mit müder Stimme:

»Das müssen Sie entscheiden.«

Klein Pedro sah mich an. Ich entdeckte, daß der Riese tiefblaue Augen hatte, und als er den Blick wieder auf das Meer richtete, das von den Spuren der Schlacht bedeckt war, zeigte sein Gesicht einen unendlichen Schmerz. Ich packte die Kamera weg.

»Pedro, können Sie sich erklären, warum die Wale Ihnen geholfen haben? Und warum sie sich nicht schon früher zur Wehr gesetzt haben?«

Klein Pedro antwortete, ohne den Blick vom Meer zu nehmen: »Wie Sie von meinem Chef wissen, bin ich ein Alacalufe. Ich bin auf dem Meer geboren, und ich weiß, daß es Dinge gibt, die man nicht erklären kann. Sie sind einfach. Meine Leute, die paar, die es noch gibt, versichern, daß die Wale sich nicht zur Wehr setzen können und daß sie die einzigen Tiere sind, die Mitleid empfinden. Als ich den Kahn ins Wasser ließ und zu dem Walfänger ruderte, wußte ich, die Besatzung würde mich angreifen, und die Wale, wenn sie mich wehrlos und von einem größeren Tier angegriffen sahen, würden nicht zögern, mir zu Hilfe zu eilen. So ist es geschehen. Sie hatten Mitleid mit mir.«

»Und was wird mit den Walen geschehen, die es noch gibt?«

»Sie werden weggehen, der Calderón, der Pilotwal, der uns begleitet hat, ist ein Männchen auf Erkundungsreise. Sie werden andere Buchten suchen, andere Fjorde im Süden, immer weiter im Süden, bis die Welt für sie zu Ende ist«, schloß Klein Pedro und drehte sanft das Steuer.

»Schön, Sie haben es gesehen. Jetzt können Sie schreiben, was Sie wollen«, sagte Kapitän Nilssen und fügte hinzu: »Vergessen Sie nicht, die *Finisterre* zu erwähnen. Schiffe, die Vergnügen am Abenteuer gefunden haben, verlieben sich gern in ein Meer aus Tinte und segeln vergnügt auf dem Papier.«

EPILOG

Am 6. Juli kehrten wir nach Hamburg zurück. Ich sage wir, weil Sarita mitkam.

Ein Bein im Gips und um den Bauch einen orthopädischen Verband, machte sie es sich im Flugzeug bequem, wobei sie mich unaufhörlich fragte, was ich denn in den Kanälen gesehen hätte.

Nach einer raschen Rückfahrt hatten wir die *Finisterre* in Puerto Chacabuco am Ende des großen Fjordes von Aysén verlassen, wo die Freunde Kapitän Nilssens Sarita vor jeder Bedrohung schützten.

Von Puerto Chacabuco aus brachten sie uns nach Coyaique und von dort nach Balmaceda an der argentinischen Grenze, um uns in ein Flugzeug zu setzen, das uns nach Santiago brachte.

Es waren nur einige wenige Tage vergangen, seit ich mich von Kapitän Nilssen, Klein Pedro und der *Finisterre* verabschiedet hatte, und dennoch schienen sie mir in meiner Erinnerung unendlich fern, als wir die Südspitze Amerikas überflogen.

»Was werden Sie tun, Kapitän?«

»Die Meere befahren, solange die *Finisterre* flott bleibt. Sagen Sie den Leuten von Greenpeace, daß sie mit ihr rechnen können. Sie ist ein gutes Schiff.«

»Und hat die beste Besatzung, die man sich denken kann.«

»Man tut, was man kann, ist es nicht so, Pedro?«

»Kapitän, ich weiß nicht, ob wir uns wiedersehen. Ich weiß auch nicht, ob ich irgend etwas über das schreiben werde, was ich gesehen habe. Als ich Hamburg verließ, haben mir die Leute von Greenpeace dieses Abzeichen gegeben. Es ist das Emblem der Organisation. Ich denke, am Mast der *Finisterre* würde es sich gut machen.«

»Danke. Auch wir haben ein Geschenk für Sie, besser gesagt für Ihren Sohn. Sie sollten ihm doch eine Muschel mitbringen, damit er Ihr Meer hören kann, nicht wahr?«

»Kapitän... Pedro...«

»Gute Reise...«

Santiago, Buenos Aires, Río de Janeiro. Der Atlantik unter weißen Schaumkronen.

»Komm schon, du unechter Hamburger, sag mir, woran du denkst.«

»An die Klinik, in die wir dich bringen werden. Du wirst schon sehen, wie bald du wieder Tennis spielen kannst. Und an die Liter Bier, die wir dich trinken lassen werden.«

»Du wirst nichts schreiben, ja? Du wirst alles für dich behalten wie ein großes Geheimnis. Was auch immer du gesehen hast, es hat dir gesagt, daß auch du dazugehörst, und dieses ›Dazugehören‹ ist ein Gebot zu schweigen.«

»Ich weiß nicht, ob ich etwas schreiben werde. Aber dir, den Leuten von Greenpeace und meinen Kollegen werde ich eine Geschichte erzählen, nur dieses einzige Mal, und ihr könnt dann entscheiden, ob ihr sie glaubt oder nicht. Und wenn es ums Dazugehören geht, ja, ich war mir niemals sicherer. Ich denke an manches Wort von Kapitän Nilssen. Als er mir aus seinem Leben erzählte, sprach er von einem Schiff, das es nicht mehr gibt und das seiner Vorstellung von einem Vaterland am nächsten kam...«

Zwanzig Stunden später: Europa.

Sarita schlief friedlich, vor jeder Bedrohung sicher, und ich dachte an das Wiedersehen mit meinen Kindern. Ich stellte mir das Gesicht des Ältesten vor, wenn er die wundervolle Muschel in die Hand nähme, die Nilssen und Klein Pedro mir für ihn geschenkt hatten.

Es war eine irrsinnig große Muschel. Eine ungeheure Molluske, wie es sie nur in den südlichen Meeren gibt. Ich nahm sie aus der Tasche und hielt sie ans Ohr. Ja. Ganz ohne Zweifel. Das war das gewaltige Echo meines Meeres. Die rauhe und trockene Stimme meines Meeres. Der ewig tragische Klang meines Meeres.

Vielleicht brachte mich der Gedanke an meine Kinder dazu, den Jungen zu betrachten, der auf der anderen Seite des Ganges in derselben Reihe saß. Er war etwa dreizehn Jahre alt und las mit ganzer Konzentration, die Stirn im Bann des Abenteuers in Falten gelegt.

Ich lehnte mich hinüber wie ein hemmungsloser Eindringling, um den Umschlag des Buches zu erkennen.

Der Junge las ›Moby Dick‹.

Barcelona, Juli 1989 / Coayique, Februar 1990 / Hamburg, August 1990

Ausgezeichnet mit dem
›Premio Tigre Juan für Kurzroman‹ 1988

Luis Sepúlveda

Der Alte,
der Liebesromane las

Roman

Aus dem chilenischen Spanisch
von Gabriela Hofmann-Ortega Lleras

Band 10932

Luis Sepúlveda erzählt in seinem Roman von einem alten Mann im Amazonastiefland, der in einem langen Leben die Menschen und die Natur kennengelernt hat, die Stumpfheit der Menschen und die Weisheit der Natur. Es ist die Geschichte vom Kampf eines Mannes gegen die Zerstörung der Natur durch die Zivilisation. Die Erzählung vom Alten, der Liebesromane las, gipfelt in den spannenden Szenen einer Jagd, in der die Würde des Ozelot über die Menschen triumphiert. Sepúlveda hat seinen Roman Chico Mendes gewidmet.

Fischer Taschenbuch Verlag

fi 2061 / 3